Galerie de portraits flous

Galerie de portraits flous

Yves LAFONT

Galerie de Portraits Flous
(et autres souvenirs vagues)

/

Mots d'aujourd'hui pour jours d'hier

*

« *Il me revient en mémoire…* » (Charles Trenet)

Galerie de portraits flous

© 2025 Yves LAFONT
Édition : BoD · Books on Demand, 31 avenue Saint-Rémy, 57600 Forbach, bod@bod.fr
Impression : Libri Plureos GmbH, Friedensallee 273, 22763 Hamburg (Allemagne)
ISBN : 978-2-3225-9545-7
Dépôt légal : Avril 2025

Du même auteur :

L'os du Toufoulkanthrope

Le Secret du Chef

Récits d'Yves

Fragments et Bribes

*

A mes parents,
A mes amis,
A Sisyphe, notre maître à tous.

Galerie de portraits flous

DANS CE VOLUME :

Mon arrière-grand-père Chave - 1953
Papé, le Tamerlan des Mouches – 1953
Ma tante Louise, née Lafont – 1957 - 1967
Dans l'antre du Fada - 1954
Le retour du Guerrier - 1955
Champagne pour tout le monde - 1955
Faites vos jeux -1956
Le visage de l'épouvante - 1956
Nuit d'orage - 1956
Je ne serai jamais une coccinelle - 1956
Vacances à La-Ciotat -1957
Les affres de la myxomatose - 1957
L'appel de Diane – 1958
Miracle à La Bourboule - 1958
Les temps modernes - 1959
La chute du Grand Truc - 1960
Un poison nommé Camomille - 1960
Monsieur Raymond - 1961
Impossible cousinade – 1961
La colombe sort ses griffes - 1962
Expert en Bagatelle - 1963
Feu de boutique -1963
Les bonnes œuvres de José Salinas -1964
La révélation du Thé -1965
Le crâne de Guffiage - Octobre 1965
Le maxi-Manteau - 1966
Les Carillons de la rue Montagny - 1955 -1965

Suivi de :

Il était un (très) petit navire
Pour quelques spaghettis de moins
Œdèmes, moi non plus !

Galerie de portraits flous

Avant-Propos

Il y a quelques années, à Urbino, Italie, province des Marches, j'ai visité l'oratoire "di San Giovanni Battista", une petite chapelle, du XV° d'une émouvante beauté. La quasi intégralité de la nef est couverte de fresques, peintes à quatre mains par les frères Lorenzo et Jacopo Salimbeni.
En y regardant de plus près, je me suis rendu compte que les peintures comportaient un certain nombre de lacunes que les restaurateurs avaient comblées d'un hachurage coloré, seulement visible en approchant des murs. C'est cette forme particulière de trompe-l'œil, qui modifie assez sensiblement la réalité, sans pour autant glisser vers la pure invention, que je me suis efforcé de reproduire, sous la forme d'un "enduit narratif", ou "fiction de remplissage", pour pallier les incomplétudes d'une mémoire trop souvent abonnée aux souvenirs absents.

Puissé-je m'être convenablement acquitté de la tâche.

Galerie de portraits flous

L'art romanesque consiste à peindre l'exacte vérité avec un tissu de mensonges

Cette incompréhensible contradiction du souvenir et du néant...
Marcel Proust

Mon arrière-grand-père Chave - 1955

Foumourette (Haute-Loire)
Aujourd'hui nous allons rendre visite à mon arrière-grand-père Chave.
Pensez ! Le père de mon grand-père !
C'est le plus flou des membres de la famille.

La maison est toute petite, sombre, et sent la tomme de chèvre ; un réchaud tousse et crache par intermittence des jets de fumerolles.
Quelques personnages s'y pressent de guingois en une étrange composition naïve.

Parmi eux, je perçois une silhouette grise, haute, impressionnante, qui semble toucher le plafond.
Sous les cheveux blancs, le visage se découpe dans un clair-obscur prophétique telle une gravure de catéchisme.
Le regard est fixe et les yeux de lait à jamais éteints, rongés par le glaucome.
Il est aveugle.
On me pousse vers lui :
- C'est le petit d'Yvette, dit en articulant une grande tante qui s'occupe de lui…
Il hoche la tête.
Je ne suis pas sûr qu'il comprenne.
C'est qu'il est un peu sourd, aussi, l'ancêtre.
Deux grandes mains noueuses se posent sur mes épaules et m'attirent avec délicatesse.

Venu du fond de la haute carcasse, je perçois comme un roulement de galets, un bruit de feuillage agité par le vent. Il rit !

L'ancêtre porte des vêtements épais, rêches comme l'écorce qui le font s'apparenter davantage au monde des arbres qu'à celui des humains.

Oui, c'est un arbre, d'une espèce particulière que je ne connais pas encore : un arbre généalogique !

* * *

La mémoire est déloyale, les souvenirs se lézardent, les visages pâlissent, les noms s'effacent. Restent quelques photos. Pas nombreuses.
Tito Topin – Et les martinets tournoyèrent dans le ciel - (*Livret de vœux 2024*).

Mon grand-père, Félix Lafont, dit Papé - 1955
Le Tamerlan des mouches.

L'unique et toute petite photo de mon grand-père, Félix Lafont, dit Papé, autrefois exposée à Bollène, sur le bahut de la salle à manger, a disparu depuis longtemps. Elle le représentait debout, massif, la taille ceinte d'un bandeau de flanelle, le visage large, glabre, les pommettes hautes, les yeux bridés, le cheveu ras, tel un Mongol, ou un Hun.
Pourquoi arborait-il ces improbables traits asiatiques ? Se pouvait-il que l'un de nos ancêtres fût descendu de la lointaine Mongolie jusqu'en Comtat Venaissin ? Qui sait ?
A noter, de surcroît, que ces traits singuliers ressurgiront, dans une moindre mesure, chez mon père (également nommé Félix), mais disparaîtront presque complètement à la génération suivante, ne me léguant de l'héritage supposé des steppes qu'une pilosité clairsemée qui fut pour moi source de frustration lorsque, dans les années 60, revint la mode des favoris.

J'ai dû rencontrer mon grand-père deux fois dans mon enfance, lorsque j'avais quatre ou cinq ans.
Il me reste de lui de pauvres souvenirs.
L'un d'eux déroge, bien malgré moi, aux règles de l'affection filiale. Non point que je n'aimasse pas mon grand-père, ni que Félix fût méchant, bien au contraire, c'était un être généreux et débonnaire, mais il possédait au plus haut point cet art de la taquinerie, si essen-

tiellement provençal, par lequel on prouve l'affection que l'on porte à autrui.
Et cela, j'y ai bien réfléchi par la suite, à cause d'une espèce de pudeur ardente à taire les élans trop spontanés du cœur.
Il faudrait, là-dessus, écrire un livre.
Plus simplement :
La taquinerie est un masque de carnaval.

Sans doute Papé devait-il beaucoup m'aimer, car, dès qu'il me voyait, il m'attrapait et me faisait subir toutes sortes de torsions, élongations, pinçons, chatouilles, tirages de nez et d'oreilles, et bien d'autres tourments, que renforçaient la callosité de ses mains de convoyeur de pierres, et l'odeur d'ail qui émanait généreusement de toute sa personne.
Je puis encore rapporter - il y a aujourd'hui prescription - qu'habitué à la conduite de gros chevaux de trait, il excellait au maniement du fouet qu'il faisait claquer avec une précision diabolique tout autour de ma tête, pour décimer les mouches.

Une autre image m'est restée :
Au fond de la cour, sous un appentis encombré d'outils, cerné d'un aréopage indifférent de chiens, canards, gallinacées en tous genres installés comme au spectacle, le vieil homme est assis à l'envers sur sa chaise, les coudes appuyés au dossier, tressant une corde de chanvre.
Derrière lui, ma grand-mère, Henriette, toute menue, de noir vêtue, la voix chevrotante et sonore, est en train de lui appliquer sur l'échine des boules de verre, préalablement enflammées à l'aide de morceaux de coton, qui restent collées à la peau, et le font ressembler à une espèce de dinosaure hérissé de protubérances.
Un spectacle qui me remplit d'effroi !

Il faut sauver Papé !
- Ce sont des ventouses, précise mon père, un vieux remède contre les rhumatismes et les fluxions lombaires. Rassure-toi, ça ne fait aucun mal.
Mais, comme mon père ne le cède en rien à son géniteur en manière d'asticotage, il ajoute, un petit sourire en coin :
- Allez ! viens donc t'asseoir ici, et montre-moi ton dos…

Au secours ! Je m'enfuis à toutes jambes dans la colline dont je ne descendrai, encore tremblant, qu'à la tombée du jour.

Les expériences du passé devraient nous servir de leçons. Pourtant, il me faut avouer que, si l'occasion s'en présente, je ne peux m'empêcher de taquiner mes deux petits-enfants.
Preuve tangible que je les aime.

Papé s'en est allé, victime d'un coup de froid, pendant l'hiver 1956. Cette année-là, le Rhône avait gelé, et les oliviers étaient morts.

Les ventouses n'avaient servi à rien.

* * *

Il y a quelque chose de plus fort que la mort, c'est la présence des absents, dans la mémoire des vivants. (Jean d'Ormesson – Discours de réception à l'Académie française, 1974.)

Ma tante, Louise Latour, née Lafont

Ce qui me revient à l'esprit quand je pense à ma tante Louise, ce sont davantage des sensations, des émotions, que de véritables anecdotes. Si j'osais un rapprochement avec les arts graphiques, je dirais une vision plus impressionniste que figurative.

Quelquefois nous allions rendre visite à la tante Louise.
Cela me remplissait de joie, car j'aimais beaucoup cette sœur cadette de feu mon grand-père, Félix. Elle était tout de sombre vêtue, éternellement endeuillée, comme beaucoup de femmes de sa génération : silhouette un peu ramassée, portée par de petites jambes, fichu noir, jupe épaisse, tablier imprimé de minuscules fleurs violettes : son seul luxe.
Elle affichait un éternel sourire dans un visage couvert de rides.
Louise s'était mariée, au sortir de la première guerre, avec un dénommé Julien Latour, emporté par la grippe espagnole, un peu après les épousailles ; aux dires de tous, un *chic type*.
Ses deux autres frères, Émilien et Gratien, mes grands-oncles, *tombés au champ d'honneur*, dans la fleur de l'âge, n'ont laissé, ici-bas, que leurs noms inscrits, dans l'ordre alphabétique, sur le monument aux morts du village, et, enchâssées dans des plaques de biscuit blanc, leurs photos en habits militaires, reliques longtemps conservées dans la famille, cassées, puis perdues.

Emilien Lafont : *chasseur – 7° B.C.A. (Bataillon de Chasseurs Alpins) – Tué à l'ennemi le 23/01/1915 (22 ans) – Hartmannswillerkopf – Haut-Rhin.*

Gratien Lafont : *114° R.I. (Régiment d'infanterie) – Tué à l'ennemi le 07 / 05 / 1915 (32 ans) – Esnes – Meuse.*

Malgré les épreuves subies, Louise ne s'était jamais départie de sa bonhomie naturelle.
Je la revois distribuant du grain à ses volailles, dans un grand remuement de plumes et claquements de becs.
- Petits ! Petits ! Par ici, Petits ! Petits !

Quand nous venons la voir, elle nous accueille avec une joie spontanée et sincère qui réjouit le cœur.
- Oh comme je suis heureuse de vous voir ! Entrez, entrez, laissez-moi vous offrir quelque chose. Et toi, mon enfant, comme tu as grandi ! Viens ici que je te regarde !
Elle presse son visage contre le mien, l'œil brillant. Ses chiens, qu'on dirait croisés de renards, longs, bas, roux, la queue en panache, et le museau pointu, nous escortent jusqu'à la porte, et se tortillent en nous faisant la fête.
Elle habite au nord de Saint-Pierre-de-Sénos, sous la colline de Barry, à Bollène. Sa vieille ferme, doyenne des maisons du quartier, s'est retrouvée enclavée par des cités ouvrières lors de l'aménagement de la vallée du Rhône, dans les années 50.
Dès le portail franchi, on est assailli par l'exubérance de la végétation. Tante Louise récupère toutes sortes de récipients : pots, seaux, vieux chaudrons, vases ébréchés, et même les boîtes de conserve, pour y planter des graines ou des boutures.
Par les soins attentifs d'une maternité verte, la seule qu'elle n'ait jamais connue, les plants croissent, les pots

s'amoncèlent autour de la porte d'entrée, les fenêtres, le vieux puits avec sa pompe à bras, au milieu de la cour. Il y a aussi une treille, des massifs de lilas, des lauriers, des yuccas, des dahlias, très prisés à l'époque, et aussi, rareté dans nos régions méridionales, une mare aux canards, entourée de bambous.

Quand on entrait dans le logis, on remontait le temps. Passé le rideau de buis tintinnabulant de la porte d'entrée, on pénétrait subitement dans un univers, clair-obscur, sentant le feu de bois. Les feuillages agités par le vent laissaient passer, comme par effraction, les rayons fulgurants du soleil à travers les fenêtres, illuminant des pans de tapisserie défraichie, les étagères d'un vaisselier garni d'objets hétéroclites, les bronzes de la comtoise, le tuyau argenté du poêle, le miroir, et l'agenda des PTT.
Au-dessus de la table ronde, recouverte d'une toile cirée, un lustre à trois branches supportait des rouleaux de papier tue-mouches qui pendaient sous les yeux des convives. L'observation de l'atroce agonie des diptères englués, suscitait, chez l'enfant que j'étais, une fascination morbide et désespérante. Invariablement, ma tante demandait ce que nous voulions boire :
- Liqueur de café, ou liqueur de banane ?
Je choisissais systématiquement la liqueur de café, qui m'était, en principe, doublement défendue, car excitante et alcoolisée. Elle avait l'aspect d'un jus noir, épais, au goût de réglisse, qui laissait longtemps un dépôt sur la langue.
Maman, très à cheval sur les questions d'hygiène, considérait avec soupçon ces breuvages « maison », contenus dans des fioles hors d'âge, qui se régénéraient, de façon mystérieuse :
- Il n'en prendra qu'une petite goutte !

Mais ma tante avait la main lourde, et me servait de larges rasades, avec un sourire complice.
Pendant les longues conversations des adultes, qui portaient sur les membres de la famille, les visites reçues, le temps, trop chaud ou trop froid, les sempiternels rhumatismes dont notre tante était percluse, j'allais parcourir le jardin, crottant mes chaussures sur les rives boueuses de la mare aux canards que survolaient des libellules multicolores. Je furetais avec une insatiable curiosité dans des hangars aux odeurs de foin, dans des remises débordant des vestiges empoussiérés d'un monde révolu : robes, chapeaux, ceintures, miroirs, lampes, cuisinière en fonte dans laquelle pondaient les poules, fusil cassé qui faisaient mes délices, albums de cartes postales que je possède encore.
Puis, quand venait le moment du départ, ma tante, d'une générosité notoire, insistait pour nous donner des œufs, des boutures de géranium, des boîtes de biscuits. Elle me glissait des pièces de monnaies, des papillotes, de petites figurines trouvées dans les lessives.

Mais, un hiver, elle se mit à raconter les mêmes histoires, de plus en plus souvent.
Comme beaucoup de gens de son âge, elle radotait. Au début, nous ne vîmes rien de très inquiétant dans ce comportement ; il nous arrivait même d'en rire un peu. Mais, un jour, nous apprîmes qu'elle avait donné la totalité de sa maigre pension au facteur, en guise d'étrennes – offrande refusée, bien sûr - puis qu'elle s'était égarée en cherchant ses poules sur la route de Saint-Paul-Trois-Châteaux.
Elle perdait la tête !
Louise fut placée à l'hospice de Bollène, un vieil immeuble du centre-ville dont les bâtiments, organisés autour d'une cour centrale, servaient aussi de dispensaire.

Les patientes étaient regroupées au premier étage dans une pièce unique.
La pauvre femme s'y laissa docilement conduire sans se départir de son bon caractère. On lui attribua un lit sur l'un des petits côtés du dortoir, près de la porte d'entrée. L'immense pièce, au sol de tommettes brunes, comptait une quinzaine de pensionnaires.
Lors des soins, ou pendant la toilette, on déplaçait, auprès des lits, de vastes paravents faisant, sommairement, office de cabines. D'autres fois, dans les situations délicates, l'on priait les visiteurs de bien vouloir quitter la salle.
Les pensionnaires partageaient tout, leur misère et leurs derniers instants.
Lorsque nous venions lui rendre visite, Tante Louise nous accueillait, assise sur son lit, avec les mêmes marques d'affection qu'elle nous prodiguait lorsqu'elle était chez elle :
- Oh que je suis contente de vous voir ! Venez, venez, que je vous embrasse ! Et toi, mon petit, comme tu as grandi ! Approche que je te regarde...
L'œil malicieux, elle avançait une main toute parcheminée vers la table de nuit :
- Tiens, prends donc ce bonbon...
Puis dans un murmure :
- Mais ne dis à personne que je te l'ai donné !
Les infirmières adoraient cette pensionnaire au cœur simple qui avait conservé son humour et son espièglerie.

Mais un jour, Louise tomba du lit, et prit froid sur les tommettes brunes du carrelage.
Elle succomba, discrètement, comme elle avait vécu, laissant dans nos cœur une grande affliction.

Je ne suis pas croyant, mais dans l'hypothèse, toute rhétorique d'un Paradis, je ne doute pas que ma tante y a été chaleureusement accueillie par le maître des lieux :
- Entrez donc, Louise, soyez la bienvenue, vous êtes ici chez vous. Mais avant, laissez-moi vous offrir quelque chose :
Nectar de banane, ou nectar d'abricot ?

*

La mémoire se plaît à rebâtir l'enfer

Dans l'antre du Fada - 1953

J'ai passé une partie de ma petite enfance à Marseille.
D'abord, nous avons habité un garni de la rue Thubaneau, près de la Canebière.
Cette rue Thubaneau, à l'étymologie un peu incertaine : *thuber* voulant dire fumer, d'où fumeries, d'où peut-être *tripots*, devait sa renommée aux dames de petite vertu qui la peuplaient en abondance.
Inutile de préciser ce qu'en langage phocéen signifiait : aller à Thubaneau...
- *A quatre-vingts ans, Marius allait toujours à Thubaneau, le gari !*
Dans cet environnement interlope, ma mère essuyait des propositions indécentes dès qu'elle mettait le pied dehors. Quant à moi, les péripatéticiennes, se penchant sur mon berceau, louaient ma bonne mine, en me prédisant de multiples succès !

Le départ soudain de mon père pour l'Indochine, permit, à Maman et moi, d'emménager à la *Cité Radieuse*, un édifice fraîchement édifié par le génie des architectes : Charles-Édouard Jeanneret-Gris, dit *Le Corbusier*, dit le *Poète de l'Angle Droit*, localement baptisé *le Fada*.
Tout vrai Marseillais le dira, on ne peut réaliser plus grand écart de standing en matière immobilière.

On devait ce reclassement d'exception aux primes assez substantielles versées à mon père, sous-officier dans l'armée de l'air, pour s'être porté volontaire dans le conflit indochinois.

Était-ce à dire que Papa avait répondu à l'appel d'une irrépressible ardeur guerrière, ou d'un impérieux zèle patriotique ? Que non ! On me raconta par la suite qu'en ces années de pré-débâcle coloniale, qui allaient s'achever par la mémorable pâtée impériale de Diên Biên Phu, les volontaires pour le Corps Expéditionnaire Français étaient rares. Dans sa majorité, la troupe répugnait d'aller au casse-pipe, et demeurait résolument réfractaire aux honneurs posthumes.
Alors, on avait inventé, pour de tortueux prétextes bureaucratiques, de rendre obligatoire le choix de l'Indochine lors des demandes de mutation, tout en garantissant qu'il n'en serait nullement tenu compte s'il figurait en dernières positions sur les listes.
Jusqu'au jour où, devant la pénurie de bonnes volontés, un certain général de l'État-Major, en forme de Raminagrobis galonné, prit les formulaires à l'envers et y trouva pléthore de volontaires, dont mon père !
Les derniers furent les premiers !
Adieu Tahiti, bonjour Hanoï !

Dans la *Cité Radieuse* du Corbusier, en forme de gigantesque blockhaus sur pilotis, que l'on se devait de nommer unité d'habitation, UH, et non immeuble, ce qui eût paru terriblement trivial, nous subîmes immédiatement la dure loi du *Modulor*.
Pour qui l'ignore, ce concept nébuleux théorisé en 1950 par Charles-Édouard dans son ouvrage "*Le Modulor, essai sur une mesure harmonique à l'échelle humaine applicable universellement à l'architecture et à la mécanique*" (sic), postule, à partir de rigoureuses considérations anthropométriques et l'observation prolongée de monuments antiques, tels les Pyramides ou le Parthénon, que la taille de l'Habitant de Référence, HdR, s'établit à 1,83 m !

Ni plus, ni moins !
Par ailleurs, toujours selon l'éminent architecte, un savant rapport entre cette taille et la hauteur afférente du nombril de ce même HdR, soit 1,13 m chez un être correctement proportionné, de sexe mâle, en position debout, donne imparablement le résultat de 1,619, c'est-à-dire le chiffre d'or, à un millième près ! CQFD !
C'est époustouflant de rigueur scientifique !

Quant à moi qui, du haut de mes trois ans, devais mesurer 80 cm, avec un nombril implanté 30 cm plus bas, j'étais un lilliputien ! Un microbe !
Ni Maman et ses 1,69 m, pourtant grande pour son époque, ni même Papa, le héros absent, qui culminait à 1,74 m, n'atteignaient la taille requise !
Bien visible, dans le hall de l'immeuble, pardon, de l'UH, un bas-relief représentant un Modulor grandeur nature, aux allures de Minotaure, nous ramenait inlassablement à notre infra-humanité.
Je vais sans doute faire hurler les inconditionnels de l'architecture avant-gardiste corbuséenne, mais je perçus immédiatement, malgré mon jeune âge, le séjour dans l'univers du modulor comme une immersion dans un monde totalitaire[1] et effrayant.
Habiter c'est obéir.
Modulor über alles !

---

[1] Sur la question, on consultera l'ouvrage : *Un Corbusier*, de François Chaslin, aux éditions du Seuil (2015), ou bien encore le plus tranchant *Le Corbusier, un fascisme français* – par Xavier de Jarcy - A. Michel. (2015)

Il faut reconnaître que les couloirs labyrinthiques, appelés *rues*, plongés dans une perpétuelle pénombre, les ascenseurs en forme de monte-charges, les portes colossales, l'omniprésence du béton brut, la répétition ad nauseam des mêmes couleurs primaires, des mêmes lignes, des mêmes matériaux dans la décoration, tout cela m'oppressait.

Nous occupions l'un des innombrables appartements, de types E1, E2, E3, E4, tous construits **à partir de modules de 3,66 mètres de large sur 2,26 mètres de haut**, qui s'apparentaient aux alvéoles d'une ruche, ou aux cellules juxtaposées de polypiers marins, ou même, selon les propres mots du Corbusier, à des *casiers à bouteilles*.
Dans ces espèces d'aquarium, je me sentais confusément attiré par le vide s'étendant par-delà les grandes baies vitrées, tel un poisson qui cherche à regagner le large.
Ai-je, un jour, plongé de la mezzanine sur les poufs marocains du salon en une sorte de saut de l'ange ralenti et nauséeux dont le projet m'avait très longtemps obsédé ? Ai-je un jour été poursuivi par l'un de ces sombres *corbusards*, étudiant en architecture, subrepticement introduit dans la citadelle, et serrant contre lui son carton à dessin ?
Sont-ce rêves ou réalité ? Les deux ? Le temps a brouillé les pistes.
Des années durant, en songeant à la cité radieuse, mon esprit s'emplissait d'images effrayantes dans la manière des films surréalistes de Buñuel ou de Man Ray, qui se sont peu à peu substitués à la réalité.
Plus tard encore, en regardant à la télévision un feuilleton britannique intitulé *The Prisoner* (1968), j'ai ressenti avec une acuité singulière le malaise de mon enfance.
Dans ce feuilleton, le personnage principal, ancien agent secret, est enlevé, puis séquestré, sous le nom de numéro 6, dans un lieu dénommé *le Village*, coquette petite cité,

où tout a l'apparence de la normalité ; mais, lorsque le prisonnier tente de s'échapper, des ballons de baudruche lui barrent le passage et le compriment violemment sur le sol.
Je compris alors que l'angoisse s'accroît lorsqu'on ne peut comprendre ce qui en est la cause, et qu'instiller méthodiquement le doute dans les esprits est l'ultime perversité du totalitarisme.

Pourquoi le mécanisme de la mémoire privilégie-t-il les moments de douleur ?
Au nombre des épisodes les plus sombres de notre séjour dans l'enceinte du Corbusier, je retrouve l'interminable et lancinant huis-clos dans lequel nous nous tenions, ma mère et moi, autour de l'absence du père.
Des dangers de la guerre, nous ne parlions jamais, quoiqu'ils occupassent constamment nos esprits.
Le Vietminh, ennemi mortel de Papa, était réputé courageux et pervers. Diap, le rusé général, jouait au chat et à la souris avec l'armée française.
- *Amis le jour, Vietminh la nuit*, se plaisait à répéter mon père au sujet des soldats indigènes, dans d'innombrables lettres qu'on détruisit un jour, avant que j'aie pu en saisir tout le sens.

La photo du guerrier trônait sur un guéridon du salon, le montrant en grand uniforme, casquette d'aviateur légèrement inclinée sur le front, regard fier derrière la barre ordonnée des sourcils, imperceptible sourire aux lèvres. Bel homme.
Mais, bien souvent, quand nous regardions trop longtemps le portrait, les traits se dissipaient et le découragement nous éteignait si fort que nous sombrions dans la mélancolie.
Deux ans d'absence, c'est une éternité !

Maman avait mis cette éternité à profit pour m'apprendre à lire ! Je me rappelle avec une intensité douloureuse ces interminables séances au cours desquelles je subissais une volonté inflexible.
J'avais fait des progrès fulgurants !
Alors que mes petits camarades s'échinaient à ânonner de pauvres suites de syllabes, je lisais couramment, ou presque.
On eut tôt fait de m'attribuer des dispositions particulières, des dons exceptionnels, que je n'avais pas.
Je ne devais ma réussite qu'à l'obstination de Maman, que l'on eût dû féliciter à ma place.

L'école, au "Corbu", était située sur le toit. C'était l'une des multiples inventions du grand maître. Si le principe, en soi, était intéressant, il renforçait considérablement l'impression de huis-clos dont j'ai déjà parlé.
Le groupe scolaire, tout en béton, se trouvait au pied d'une haute cheminée érigée de travers, face à un gigantesque pédiluve, dans lequel il était formellement interdit de se tremper les pieds.
Autant qu'il m'en souvienne, et contrairement à ce que laissait supposer la modernité de l'architecture, la discipline dans les classes était d'une archaïque sévérité. Dans la gamme des punitions, cruelles et humiliantes, la fessée déculottée constituait le châtiment suprême ! J'ai, jusqu'à ce jour, toujours tenu pour véridique la vision d'un jeune garçon que l'on corrigeait, derrière à l'air, bourses pendantes, devant toute la classe, tel un malheureux condamné au supplice.
Quant à moi, quoique naturellement dissipé, je dérogeai au sort commun grâce à ma précocité en lecture. Je couvrais les brouhahas suspects de mes débauchés camarades par

ma diction irréprochable et ma voix cristalline qui s'élevait, entre les parois de béton, comme celle d'un chantre dans les travées d'un monastère.

Trop rarement, nous allions en ville.
Marseille m'apparaissait comme une cité merveilleuse, tout entière tournée vers le large.
Point d'estuaire nauséabond, point de marécages aux eaux troubles et mélancoliques.
Révérencieux, le Rhône avait préféré se jeter en Camargue.
La mer se révélait toute nue, frontale, intensément bleue.
Sur les rives, la roche déchirée, sauvage, couleur de sel, résistait à l'assaut perpétuel des flots. Lutte millénaire, âpre, farouche, mais loyale.
A Marseille, tout parlait aux sens avec force : vent, lumière, senteurs, accents. On entendait même parler la poudre !
J'accompagnais Maman dans les innombrables marchés de la ville.
– Allez, ma chériiiie ! Du bon poissong pour le petiiiiit !
J'oubliais tout en faisant des châteaux de sable,
J'étais heureux,
J'étais ivre !
Qu'elle était loin la maison du fada !

*

J'ai *de la rhinopharyngite* ! Nez bouché, toux, reniflements, mucosités. Une affection qui, toute ma vie, me restera fidèle.
- Allez, cesse de renifler ! mouche-toi fort ! Encore plus fort ! Et ne reste pas dans les courants d'air, *avec ta rhinopharyngite* ! répète à l'envi Maman.

C'est décidé ! on va m'opérer des amygdales (et des végétations).
- C'est quoi, Maman, les amygdales ?
- Ce sont de petites glandes au fond de la bouche qui te gênent pour respirer... C'est pour ça que tu as *de la rhinopharyngite*...
- Et les végétations ?
- Eh bien... C'est un peu la même chose, mais plus loin dans les fosses nasales. Pour être tranquille, autant tout enlever, les amygdales, et les végétations !
Maman accompagne ces dernières paroles du tranchant de la main.
J'ai la frousse.
Elle dit :
- Allons, mon grand ! C'est une opération de rien du tout ! On va te mettre un masque sur le nez, avec un peu de chloroforme pour te faire dormir. Tu ne sentiras rien. Et puis, tu n'es plus un bébé !

Le jour dit, me voici dans le cabinet du docteur Aupardy, pédiatre, qui dépose d'un air bourru des instruments chirurgicaux dans un plat en inox.
Le son est insupportable.
L'homme semble nerveux, et pressé d'en finir. Je me demande s'il m'a vu.
On me juche sur un fauteuil au dossier inclinable, sous une rampe de lumière aveuglante, et l'on m'applique brusquement un masque sur le nez. L'odeur est épouvantable !
Une lame acérée me pénètre jusqu'au fond des sinus.
J'ai l'impression qu'on me fait tournoyer, en me tenant par le nez, comme avec une fronde... et le nez s'allonge, s'allonge...

Je survole des contrées de plus en plus lointaines quand, enfin, le sommeil daigne fondre sur moi.

Quelques minutes après, je renais à la vie, étourdi, une boule douloureuse au fond de la gorge et l'envie de vomir.
Maman demande au médecin, qui se lave les mains :
- L'opération des amygdales s'est bien passée, Docteur ?
- Aussi bien que possible, Madame ; elles étaient très enflées.
Il désigne un bocal dans lequel deux bouts de chair sanguinolents baignent dans un sérum visqueux.
Ce n'est pas beau à voir.
- Et les végétations ?
- Les végétations ?
Le docteur contemple attentivement le bocal, et cesse tout à coup de s'essuyer les mains. Les végétations ! où avait-il la tête ? il les a oubliées !
- Ce sont de si petites choses ! Dire que je les avais sur le bout du scalpel !
Maman fulmine. Sans attendre, elle exige réparation.
On me réopère, séance tenante. J'ai droit à un tour gratuit pour la balade en élastique !

Contrairement à ce que l'on raconte ordinairement aux enfants, l'ablation des amygdales, et des végétations, est particulièrement douloureuse.
Chaque fois que j'ingurgite quelque chose, j'ai la sensation d'avaler des lames de rasoir.
On me donne des verres d'eau sucrée, et diverses bouillies, que je bois à la paille. Au bout d'une semaine, je meurs de faim.
Et j'ai encore *de la rhinopharyngite* !

*

Décision est prise d'aller passer quelques jours chez mon grand-père, à Saint-Etienne, où l'air est sain et riche en oxygène.

J'ignore encore que, plus jamais, nous n'habiterons la Cité Radieuse !

*

La Cité dite Radieuse - 1953

Souvenir imparfait agit comme un despote.

Saint-Etienne – 1955 - Le retour du guerrier.

Je me suis réveillé, et je l'ai vu !
Je l'ai vu, penché sur moi, me regardant avec bienveillance.
Mon cœur a bondi.
- Papa !
Souvent, j'avais tenté d'imaginer cette scène.
J'avais anticipé des retrouvailles pleines de théâtralité.
Mais c'était la chaleureuse simplicité du quotidien qui reprenait son cours !
J'éprouvais une joie immense, la plus intense et soudaine que j'aie jamais vécue.
- Papa !
D'un seul bond, je sautai dans ses bras.
Maman, Pépé, et mon oncle René ne pouvaient s'empêcher de retenir des larmes.
Quelle merveilleuse surprise !

Les derniers événements d'Indochine, au nombre desquels la débâcle de Diên biên Phù, avaient précipité le rapatriement de troupes coloniales, ce dont Papa avait bénéficié.

Autour de moi, chacun avait hermétiquement maintenu secrète la date du retour, de crainte que l'attente ne me parût trop longue, ou plus vraisemblablement, que je ne harcelasse mon entourage des effets de mon impatience.

J'étais au comble du bonheur et, cependant, je ne l'ai jamais confié à personne, une infime pointe de déception, contre laquelle je tentais de lutter de toutes mes forces, se mêlait à ma félicité.

Mon père avait changé. Ce n'était plus exactement le héros de la photographie quotidiennement contemplée à Marseille.
En lui, des modifications s'étaient insidieusement opérées : la barbe plus fournie, le corps devenu plus épais et hâlé, des rides au coin des yeux…
J'avais aussi, pendant la longue absence, occulté des détails autrefois familiers : la couleur des yeux, le son de la voix, l'odeur de brillantine, qui, paradoxalement, me le rendait en ces instants un peu étranger à lui-même.
J'aurais voulu revoir le père idéalisé du portrait, l'image idolâtrée de l'icône.
Quelque chose aussi me manquait, qui eût permis de gommer les atteintes du temps et sacralisé sa présence : son uniforme d'aviateur.
Quoi qu'il en fût, même sans uniforme, je chérissais mon père, et le serrait fort dans mes bras, me demandant avec appréhension si, lui-même, ne regrettait pas l'enfant plus jeune, plus candide, et plus léger aussi, que, naguère, j'avais été.

Surtout ne pas confondre se souvenir et se confesser.
Se souvenir s'apparente à la chasse au trésor,
Se confesser à la quête aux remords.

Champagne pour tout le monde – 1955.

Mon père a été affecté à Reims après son retour d'Indochine.
J'ai grandi. Mes souvenirs sont un peu plus précis. Ils se succèdent dans ma mémoire en une suite de petites scènes, que je m'efforce de restituer de façon un peu libre, sans respect de la chronologie.

Nous logeons au dernier étage d'un vieil immeuble assez sordide du centre-ville.
- Encore heureux d'avoir un toit ! dit ma mère.
C'est la crise du logement.
Je revois le hall lépreux, le long couloir au papier défraîchi, l'escalier en colimaçon ou l'on se croise avec difficulté quand on porte les commissions.
- Allez-y, je vous en prie !
- Après vous, je n'en ferai rien !
Ça sent l'eau de Cologne, et la soupe aux choux.
Sur notre palier, au troisième étage, deux appartements se font face ; entre eux, un galetas sert à entreposer le charbon et étendre le linge. J'y joue souvent avec un voisin de mon âge.
J'aime l'odeur de lessive propre et le bourdonnement des mouches.
Un jour, j'ai l'idée stupide de traverser la pièce en me suspendant à la corde à linge par les mains et les pieds. Le fil casse ! je tombe, bien à plat, sur le dos.

Conscience abrupte et immédiate de l'attraction terrestre !
Douleur intense ! Je ne peux reprendre mon souffle. Il me semble que je vais mourir.
Jamais je ne recommencerai !

-

Notre appartement se compose de deux pièces, exiguës et mansardées : le salon-cuisine, où je couche, dans un petit lit métallique, et la chambre des parents, éclairée par une lucarne.
Sur la table de la cuisine, une toile cirée, à gros carreaux rouges.
Les murs sont verts, peut-être bleus.
On mange de la purée et du foie.
Pour me fortifier, on me donne du steak haché de cheval, cru, et très salé.
J'adore ça, et, contrairement à la vache, "le cheval ne donne pas la tuberculose".

-

Par la fenêtre, je regarde la rue.
Juste en bas de chez nous, il y a un bureau de tabac, une épicerie, un marchand de chaussures. Plus haut se trouve une "dent creuse", édifice manquant pour cause de bombardement, ou de destruction préventive, et jamais reconstruit. C'est assez pratique pour garer les voitures.
Le spectacle des passants me fascine. Le sang de la ville coule dans cette foule où les chapeaux sont autant de globules.
La vue de la cité me remplit de désir. Mon cœur bat.
Je brûle d'aller, tout seul, chercher des cigarettes…

-

On m'a acheté *un livre des métiers*, que je feuillette avec ravissement. Sur de grandes pages illustrées figurent les maçons, menuisiers, tailleurs, pompiers, gendarmes, boulangers…

Moi, je veux être pâtissier. Bienfaiteur de l'humanité !
Je garderai ce désir très longtemps, jusqu'à ce qu'un autre livre, *la vie des animaux*[1], acheté par mon oncle, me fasse préférer les insectes aux gâteaux.
Mais le destin voudra que je ne sois ni pâtissier, ni entomologiste.

-

J'ai toujours pensé, sans y croire vraiment, que l'on pouvait apercevoir les tours de la cathédrale depuis la fenêtre de notre appartement.
Était-ce la véritable, et vénérable, cathédrale Notre-Dame de Reims, qui se découpait dans le lointain au-dessus des toits, noire et brûlée par la guerre, ou celle des cartes postales vendues aux coins des rues, ou celle encore de mes futurs livres d'histoire ?
Avec le temps, s'agrègent au noyau dur des souvenirs des substances hétérogènes, comme les débris charriés lorsqu'on roule sur le sol une boule de neige. Ainsi, ces souvenirs se chargent d'histoires, de désirs, de rêves, et s'accommodent de l'air du temps.
Était-ce vraiment la cathédrale que je voyais de ma fenêtre ? J'aurais dû poser la question à ma mère, ou à mon père, quand il était encore temps.
On perd aussi la mémoire quand on perd ses parents.

-

Il y a en ville un grand parc romantique où je joue avec mes petits camarades. Dans le bac à sable, nous installons des *pièges de trappeur*, c'est-à-dire des trous, aussi profonds que possible, sur lesquels nous tendons des feuilles de papier, saupoudrées d'une fine pellicule de sable. Puis

---

[1] Ouvrage illustré - Léon Bertin - Collection Larousse -1950.

nous allons nous poster sur le grand toboggan en attendant qu'une victime mette le pied dessus.
Un jour, c'est une maman, son enfant dans les bras, qui fait les frais de la machination ! Elle trébuche. Le bébé tombe. Il a la bouche pleine de sable.
La mère est furibonde :
- Ah quelle honte ! Je vous jure ! Laisser les chiens creuser leurs trous dans le bac à sable !

-

Ailleurs dans le parc, je revois une paire de cerfs en bronze, que nous chevauchons, agrippés aux larges andouillers. L'un deux, agonisant, nous fixe de ses yeux vides.
Vérification faite, le *Combat de Cerfs*, encore appelé *Le Cerf Victorieux*, est une sculpture de Pierre-Albert Laplanche, artiste animalier, qui l'offrit à la ville en 1932.
Quel drôle de cadeau !
J'en déduis, au passage, que ma mémoire est bonne.

-

Tout près des cerfs, serpente un étroit canal au fond duquel s'écoule un ruisselet aux eaux sales.
L'idée me vient d'arpenter la rigole.
En peu de temps, j'ai mouillé les souliers qu'on vient de m'acheter. L'eau est trouble et glacée.
Que va dire Maman ?
Par dépit, je marche délibérément dans les flaques.
Maintenant, l'eau m'arrive aux mollets !
La punition est inévitable.
Et bien soit !
Je m'obstine, comme poussé par un esprit malin, et persiste, opiniâtrement, dans ma fuite en avant.
Je brûle mes vaisseaux,
Adieu famille ! Je patauge et j'éclabousse !
Ouh, la gadoue ! la gadoue !

Je suis un aventurier :
" *Comme je descendais des fleuves. Impassible...* "
La rigole est longue, étroite, les berges abruptes et cimentées.
En amont, un animal énorme vient de sauter dans l'eau.
Des pas pesants se font entendre, accompagnés de grognements puissants.
Le monstre fond sur moi. A l'aide !
Je serre les poings, saisi d'un indicible effroi !
C'est mon père !
On m'extrait du fond de la rigole, transi, boueux, la mine pitoyable.
Où étais-je passé ? On s'était inquiété ! On m'avait cherché dans le parc, partout, appelé. Je ne répondais pas !
Papa, les pantalons tachés de vase, m'observe avec sévérité.
- Mais, que diable, faisais-tu dans cette rigole ?
Mon air hagard me sauve d'une correction imminente.
- Vite, rentrons à la maison avant qu'il prenne froid, s'écrie Maman. Avec sa rhinopharyngite !
Elle s'en veut :
- Ah les enfants ! Pour rien au monde, il ne faut les quitter des yeux !
Moi aussi, je m'en veux :
Cinq minutes de liberté, dix ans de servitude !
Il n'est pire ennemi que soi-même.

-

La campagne champenoise est austère, ingrate, déprimante : champs interminables, forêts géométriques, vignoble aligné au cordeau. A quoi s'ajoutent une humidité permanente, et les cicatrices omniprésentes de la guerre : barbelés, tranchées, trous d'obus, casemates...

Je revois, dans une carrière, une haute pyramide de boîtes de conserve rouillées, et soudées par le temps, qui ravirait nos amateurs d'œuvres contemporaines.

Je vois encore, à la lisière de la forêt, cet invraisemblable entrelac de tubes annelés, comme sécrété par un ver gigantesque.

- Ce sont des restes de masques à gaz, précise mon père, croyant me rassurer.

Mais le spectacle le plus mortifère, et pourtant le plus familier, c'est l'alignement infini des croix blanches de ceux *tombés au champ d'honneur*.

Partout des cimetières, des corbeaux, des monuments aux morts, ces temples hideux de la désespérance.

-

Un jour, à l'orée d'un bois, mon père a trouvé un levraut abandonné, égaré dans les herbes, pauvre peluche grelottante, le nez humide et frémissant.

Je revendique aussitôt un rapatriement sanitaire dans notre appartement.

Mais l'animal a piètre allure.

- Il ne vivra pas longtemps, dit Papa, regarde comme il est maigre, il n'a que la peau sur les os. Et puis, on ne va pas recueillir tous les animaux malades de la Terre ! D'autant qu'ils sont couverts de parasites, infestés de microbes, sûrement contagieux !

- Mais si on le laisse ici, il va mourir, le lapin ! pleurniché-je.

- D'abord, ce n'est pas un lapin, corrige mon père, c'est un lièvre.

Je ne vois pas ce qui change, ni pourquoi un même animal a des noms différents.

Papa m'explique que le lapin et le lièvre ne sont pas de la même espèce :

- Des cousins, peut-être, selon le tortueux dessein de l'évolution darwinienne...
Toujours un peu cabotin, mon père !
Je persiste dans mes intentions salvatrices, piétinant l'herbe, faisant la moue :
- Je m'en occuperai bien, moi, vous verrez, du... du... cousin du lapin !
Mes parents se mettent à rire.
J'ai gagné la partie !
Avec les animaux, Maman fait des miracles. Et elle ne sait rien refuser à son fils.
On prend le levraut avec nous.

-

Papa est allé passer une semaine en Allemagne, dans une base américaine, pour s'entraîner sur de nouveaux avions.
Au retour, il me rapporte une ceinture de cowboy, une vraie, en cuir repoussé avec des incrustations de pâte de verre.
Une splendeur !
Longtemps, j'ai gardé la ceinture.
Quand je jouais au cow-boy, elle m'assurait une véritable supériorité balistique sur tous mes camarades, et m'a permis de tuer d'innombrables indiens.
Papa, lui, raconte à qui veut l'entendre que la base américaine est immense, regorgeant d'avions neufs. Sait-on, qu'au mess, les personnels disposent de radis, de concombres, d'oignons crus, à grignoter pendant les collations ? Un vrai cocktail de vitamines. Il trouve cela épatant !
A chacun son lot de découvertes et d'émerveillement.

-

A la maison, le levraut, nourri au biberon par les soins attentifs de Maman, est devenu un animal agile, qui grignote les barreaux de sa cage, s'échappe, et court partout.

Quand on veut l'attraper, il se faufile sous les meubles, et nous gratifie de menues billes glissantes et odorantes. On lui donne de la salade, des graines, des légumes, ainsi que de l'herbe ramassée dans le parc. Peu à peu, son appétit s'accroît.
Un jour, il a déchiqueté le foulard de Maman, puis les chaussettes de Papa, qu'on a retrouvés entassés sous mon lit.
- J'ai compris ! s'écrie mon père. C'est une hase[1] ! son instinct la pousse à faire un nid.
La situation devient peu à peu intenable. Quand elle a faim, la hase pose son nez humide sur nos chevilles, et ne nous lâche plus. Un soir, je l'ai trouvée devant la porte, dressées sur les pattes arrière, et boxant l'air à la manière d'un kangourou !
Papa nous explique que c'est un comportement hormonal commun chez les femelles de l'espèce. Notre protégée aux longues oreilles aimerait bien trouver un petit compagnon !
Les yeux humides, nous allons, le dimanche suivant, rendre notre encombrante colocataire à la campagne champenoise.

-

Il me revient à la mémoire une autre découverte, dans le registre animalier.
Ce sont des grenouilles minuscules qui pullulent au bord d'une mare. Il y en a des centaines, peut-être des milliers !
Elles sont noires, luisantes, et de complexion délicate.
Avide, j'en remplis la capuche de mon imperméable, et les ramène à la maison.

[1] Femelle du lièvre. Maman du levraut. Cousine du lapin.

A contre-cœur, Maman m'aide à les installer dans un grand saladier rempli d'eau, avec une pierre au milieu.
Toute la soirée, je regarde les amphibiens minuscules escalader la pierre, puis sauter joyeusement dans l'eau.
- Allez au lit, lance ma mère ! Je te rappelle qu'il y a école demain !
Une bonne partie de la nuit, je ne pense qu'à mes bébés grenouilles.
Mais quand, le lendemain matin, je me précipite vers la cuisine, un spectacle de désolation me saisit. Non seulement le saladier est vide, mais les malheureuses petites bêtes gisent tout autour de la pièce, jusqu'au seuil de la porte d'entrée, sèches, et comme momifiées.
Elles se sont enfuies et n'ont pu regagner le bocal !
Quelle horrible corvée que de ramasser ces petits corps vidés de leur substance, si légers qu'ils vibrent au moindre courant d'air !
J'éprouve un sentiment amer de culpabilité.
Je m'en veux d'être un grenouillicide !

-

Réveille-toi ! Réveille-toi !
J'entends des cris dans la maison !
Au feu ! Au feu !
A la hâte, on m'emmitoufle dans une couverture et nous fuyons par l'étroit escalier, chargés de nos valises.
J'ai très peur, mais je me sens tout excité à l'idée de vivre une aventure.
Sur chaque palier, il y a des gens qui crient :
- Vous êtes sûrs que, là-haut, il ne reste personne ?
- N'oubliez pas de mettre un tissu mouillé sur la bouche !
- Le chat ! Le chat ! Est-ce que quelqu'un a vu un chat roux avec les pattes blanches ?
- Il sortira tout seul, votre chat ! Allez ! Dépêchez-vous, Madame !

Une odeur âcre se répand. Des craquements se font entendre.
Vite ! Vite ! Il faut sortir avant que le bâtiment ne s'effondre !
Notre petite troupe se réunit face à l'immeuble, devant le bureau de tabac. Nous sommes entourés de paquets, apeurés, ébouriffés, tels des oiseaux chassés du nid. Une pluie fine rend le pavé luisant. La tension est palpable.
- Les voilà !
Un camion de pompiers, sirène hurlante, crache des éclairs bleus sur les visages inhabituellement graves, puis continue sa route.
Où va-t-il ?
Nul ne sait.
Le temps passe.
Les langues se délient, on papote pour tromper l'inquiétude :
- Et dire que nous avions invité des amis ! dit l'un de nos voisins.
- Ah, c'est trop bête, j'ai oublié mes cigarettes !
- Permettez-moi de vous en offrir une.
Papa a entrepris un monsieur moustachu, qui porte, au revers de la veste, un ruban tricolore :
- Les Américains, je les ai vu, comme je vous vois, croquer des oignons crus, en buvant du *Coca-Cola*. Les oignons, c'est riche en vitamines.
- Ah, je vous crois, répond le porteur de bacchantes, c'est bien pour ça qu'ils ont gagné la guerre !
La sirène s'est tue.
- Et le feu ? Demande une femme en imperméable noir, portant un grand chapeau à plumes. Et le feu ?
Le feu ?

- Sitôt allumé, sitôt éteint ! lance un monsieur qui arbore deux montres au poignet, et, au cou, plusieurs chaînes en or, ce devait être un feu de paille !
Chacun scrute avec attention la haute façade de l'immeuble.
- Faudrait p't'être aller vérifier c'qui s'passe à l'intérieur, suggère un passant, désignant les fenêtres.
- Vous n'y penfez pas ! Mieux vaut attendre les instrucfions, rétorque un quadragénaire, élégamment assis, jambes croisées, sur sa valise.
- Les instructions ? Les instructions ? Oui, mais quelles instructions ? Demande une jolie brune, très parfumée, de son accent traînard.
Il fait froid !
On se boutonne. On tape des pieds.
- Il nous faudrait une bonne flambée, dit le porteur de chaînes en or, résolument pince-sans-rire.
Dans la rue, les boutiques ferment les unes après les autres.
- Je viens d'appeler le commissariat, dit le patron du bar-tabac en baissant son rideau. On envoie des secours.

Dans le lointain, quelqu'un écoute Ray Ventura sur son électrophone :

Qu'est-ce qu'on attend pour être heureux ?
Qu'est-ce qu'on attend pour faire la fête ?
La route est prête,
Le ciel est bleu.[1]

---

[1] André Hornez (paroles) – Paul Mistraki (musique) - Ray Ventura (interprète) © Intersong Paris Sa, Warner Chappell Music France Sa, Tutti Soc., Editions Ray Ventura -1938.

Finalement, deux hirondelles[1], juchées sur leurs vélos, font leur apparition :
- C'est vous les sinistrés ?
On se regarde avec étonnement.
Le plus grand des pandores sort un papier de sa sacoche :
- Avis de la préfecture : annulation de l'alerte incendie !
On respire. Il poursuit :
- Les résidents sont invités à regagner leur domicile et à se disperser dans les plus brefs délais.
Il ajoute, en touchant son képi :
- Aucun nouvel attroupement sur la voie publique ne sera toléré !
C'est un comble !
Accablé de questions, le second des gardiens de la paix, d'un abord plus aimable, consent à expliquer qu'un début d'incendie s'est effectivement déclaré *quelque part,* dans une maison contiguë à la nôtre - d'où la fumée et l'odeur de brûlé. Mais désormais, tout est rentré dans l'ordre !
- Allez dispersez-vous ! Trêve de conciliabules ! réitère, avec humeur, la première hirondelle.
- Mais enfin, Monsieur l'Agent, nous ne gênons personne ! lance crânement la dame au chapeau à plumes.
- Vous pourriez perturber l'arrivée des secours, réplique, sans se démonter, le représentant de la force publique. Obtempérez, ou je verbalise !
Tête basse, chacun regagne ses pénates, sauf, mais furibond contre l'incurie des services publics, et frustré d'avoir vécu une aussi misérable aventure.

---

[1] Gardiens de la Paix des brigades cyclistes qui devaient leur sobriquet à la marque *Hirondelle* de leur monture (1900 - 1984). Elles évoluaient en binômes dans les rues de Paris et dans quelques rares cités de province.

- Ah, ces hirondelles, de vraies cervelles de moineaux ! lâche le monsieur à moustache, avant de se claquemurer dans son appartement.

Je boude, car j'espérais rater l'école.

-
Le mélomane a changé de disque :

Y a d'la joie
Bonjour bonjour les hirondelles
Y a d'la joie
Dans le ciel par-dessus le toit
Y a d'la joie
Et du soleil dans les ruelles
Y a d'la joie
Partout y a d'la joie[1]

* * *

L'hiver 1956, et le printemps qui a suivi, ont été parmi les plus froids jamais connus en France.
Nous grelottons dans l'appartement, à peine chauffés par un minuscule radiateur électrique dont les mâchoires incandescentes sont, pour les mollets, un péril permanent.
Au coucher, nous glissons dans les draps des briques passées au four, en guise de bassinoires. Le froid mord avec férocité. Il s'insinue par tous les interstices. Des oiseaux

---

[1] Charles Trenet - 1936

meurent. Rivières et canaux sont gelés. On les traverse à pied.
Un télégramme nous apprend que Félix, mon grand-père, vient de décéder à Bollène.
L'hiver a eu raison de lui.
Jamais plus, le vieux Mongol ne me taquinera !
Maman est toute rouge, les lunettes embuées. Papa tord la bouche, bizarrement. Ses yeux se remplissent de larmes.
Des adultes qui pleurent, je trouve que ce n'est pas dans l'ordre logique des choses.
Je ris pour faire diversion : Ah ! Ah ! Ah ! pour aider mes parents, pour remettre le monde à l'endroit.
Ah ! Ah ! Ah !
On me gronde.
N'ai-je donc pas de cœur ?
Subitement, je sens s'évaporer l'amour que l'on me porte.
J'ai honte, je cherche en vain une explication, une excuse.
Je voudrais leur dire qu'en vérité, la mort, je ne sais pas ce que c'est, et que je les aime.
Mais les mots restent coincés, douloureusement, au fond de ma gorge.

-

Quelques semaines après les obsèques de mon grand-père, l'atmosphère, à la maison, est devenue pesante. Maman pleure beaucoup. Papa entre et sort à grands pas, le manteau sur le dos.
Parfois, lorsque Maman me regarde, je me sens l'objet d'une compassion excessive dont j'ignore la cause. L'usage abusif d'adjectifs possessifs suivi de locutions profusément hypocoristiques[1], trahit à mon endroit, de l'attendrissement :

---

[1] *Affectueuses.*

"Mon grand, mon chéri, mon lapin, mon poulet, mon cœur, mon trésor, mon petit, mon pauvre petit, mon pauvre petit lapin !"

Étais-je, à mon insu, malade ? Mais, dans ce cas, pourquoi persistait-on à m'envoyer en classe ?

Bien trop naïf pour supposer qu'il pût y avoir des dissensions dans une famille aussi unie que la nôtre, je finis par me dire que les temps étaient durs, et les adultes difficiles à comprendre.

Un jour, pourtant, mes interrogations connurent un début de réponse : Papa allait quitter l'armée !

Pour continuer sa carrière dans des conditions financières acceptables, il eût dû accepter de nouvelles missions : en Algérie, par exemple, dernière affectation en vogue des troupes hexagonales. Papa refusait d'y aller. Les traumatismes vécus en Indochine, les terribles images qu'il gardait en mémoire, et qu'il taisait devant Maman et moi, l'avaient fait douter de ses engagements, et rendu pacifiste. Il aimait les avions, pas la guerre !

En attendant, ses états de service : campagnes, heures de vol, missions lointaines, l'autorisaient à percevoir une pension, certes modeste, mais susceptible d'assurer, momentanément, l'essentiel.

Par ailleurs, notre famille venant de subir deux décès successifs, celui, en couches, de ma jeune cousine germaine, Josette, deux ans auparavant, et celui, tout récent, de Papé, mon père jugeait nécessaire que nous allions nous établir momentanément à Bollène. Les quelques terrains agricoles entourant la ferme familiale fourniraient des ressources dont nous aurions besoin. Pour le reste nous nous arrangerions. Il serait temps, le moment venu, d'ouvrir une nouvelle page.

Papa était un homme de la campagne, patient, attentif aux saisons, bon jardinier, grand chasseur, confiant dans les amitiés rurales, faites de paroles données, et d'entraide.

Maman, de son côté, ne voyait pas les choses de la même façon. Si elle approuvait sans réserve l'intention paternelle de quitter l'uniforme, elle redoutait au plus haut point le projet bollénois.
Son intuition lui faisait pressentir que les collines du Comtat Venaissin allait borner notre horizon pour de longues années. Naturellement citadine, elle détestait les courants d'air, les mouches, et, par-dessus tout, les longues soirées patoisantes.
Immédiatement, elle s'était proposée pour chercher un travail de secrétaire en ville. Jeune, elle avait été employée à la préfecture de Saint-Étienne, puis à Paris, dans les abris du Champ-de-Mars[1], et, plus tard, à Dakar, dans l'administration.
Elle était diplômée, active, compétente, et avait donné, partout, toute satisfaction...
Cette solution, provisoire, permettrait, au moins, de *faire bouillir la marmite, et...*

C'était oublier qu'une mère doit, avant tout, s'occuper de son *lapin d'amour* !

---

[1] On sait peu qu'un bunker de 800 m² a été construit en 1919, sous le champ-de-Mars, près de la Tour Eiffel. D'abord destiné à la radiotélégraphie et au *chiffre*, il a été, ensuite, occupé par l'armée française, les troupes allemandes, et le commandement allié à la Libération. On sait moins que mes parents s'y rencontrèrent en 1945.

Alea jacta ouest !

Faites vos jeux - 1956

Si vous deviez comme Marcel Proust partir à la recherche du temps perdu, quelle serait votre madeleine ? Où ai-je entendu la question ? Cela ressemble à du Bernard Pivot.
Bernard Pivot : Yves LAFONT, quelle serait votre madeleine ?
Je fais un rêve !
Quel meilleur ouvroir à souvenirs qu'une madeleine ? Sitôt la question posée, l'esprit s'envole. La madeleine, c'est un ticket de première classe vers le passé. Mais un voyage qui n'est pas sans danger ! Comme disait Marcel lui-même :
- On sait quand ça commence…
Aujourd'hui, ma madeleine, ma toute modeste madeleine, c'est le bruit d'une bille qui roule, s'arrête, repart, et roule encore, dans une crispation douloureuse du cœur…

-

Je garde un souvenir émerveillé des jours passés, au printemps 1956, chez ma tante Marguerite et mon oncle Fernand, qui tenaient un café-bar-tabac, à Bollène (Vaucluse). Pourtant, à cette époque, notre famille traversait les dures épreuves dont j'ai déjà parlé. Mon grand-père, Félix, venait d'être emporté par l'hiver de 1956, avec ses oliviers, et, deux ans plus tôt, ma cousine Josette était morte, à vingt ans, en donnant le jour à un petit Hervé. Une épouvantable tragédie qui persistait à marquer les esprits.
Mes parents avaient déposé à Bollène leurs bagages de grands voyageurs et cherchaient à refaire leur vie. Papa avait quitté l'armée. Maman sombrait dans la mélancolie.

Les douleurs mêmes qu'éprouvaient les grandes personnes, me laissaient libre de mener une vie autonome, hors nid, égoïste, dans un monde nouveau, ample, et plein de richesses.

Le village de Saint-Pierre-de-Sénos, commune de Bollène, se distribue, pour une large part, autour d'une avenue montante qui file droit vers la colline du Barry, dont le sommet est couronné d'un château si ruiné qu'on en distingue à peine quelques pans de murs gris. Juste au-dessous, dans un amphithéâtre de falaises, se dissimulent les ruines d'un vieux village troglodytique, creusé comme une termitière.
De ce site, autrefois oppidum, et, durant mon enfance, formidable terrain de jeu, sont descendus les habitants de l'actuel village, quand, vers 1850, l'eau des collines s'est tarie.
Les nouvelles habitations ont alors été bâties au pied de la colline, en épi par rapport à une rue centrale, et selon un plan unique : jardins au sud, façades aveugles, percées de lucarnes, ou *cafurons*, au nord.
Plus tard, cette voie médiane, étonnamment large pour l'époque, fut pompeusement rebaptisée *Avenue des Fontaines Wallace*, après qu'un préfet philanthrope, un certain Marius Loque, natif du canton, eut fait ériger, à chaque extrémité, ces édicules sommés de caryatides.
Longtemps, dans cette voie, la circulation fut si rare que les occupants du bourg étaient capables de deviner, au vrombissement du moteur, quelle automobile remontait la route de Bollène pour venir au village :
- Tiens, c'est Jeannot qui rentre du marché avec sa Juvaquatre. On dirait qu'il a fait nettoyer les bougies…
L'une de ces voitures, une somptueuse Traction Avant, décapotable, rouge sang, me fascinait. Elle appartenait à un certain Toto, un type un peu louche qui ne plaisait guerre à mon père.

En ces temps-là, quoique les atteintes de la modernité se fussent fait sentir assez brusquement dès l'immédiat après-guerre, avec la construction d'un vaste complexe hydroélectrique, de cités ouvrières, et le développement rapide des voies de communication, le village de Saint-Pierre n'avait pas pour autant perdu de son identité provençale et de sa truculence à la Marcel Pagnol.
Marcel Pagnol ! L'illustre natif d'Aubagne, le chantre de la Canebière, l'incontournable aède du Garlaban, dont le génie tutélaire condamne sans appel les aspirants littérateurs du sud de Montélimar au rôle de pâles copistes ; Marcel Pagnol, dont on ne saurait prononcer le nom qu'à voix basse et la plume tremblante… Marcel Pagnol !
Ô peuchère ! Ô Bonne Mère !

Le café-bar-tabac de Saint-Pierre, également appelé *du Barry*, ou encore *Bel-Air*, constitue le terminus de l'avenue des Fontaines Wallace, en son point culminant. C'est une grande bâtisse en pierres en forme de vaisseau, flanqué sur le devant d'une vaste tonnelle.
Je revois avec une merveilleuse acuité tous les lieux et les gens qui animaient le théâtre permanent du Café. Je sens les odeurs, j'entends les bruits. Ce sont là profusion de madeleines que je pourrais m'approprier : le parfum entêtant du café matinal, l'odeur du tabac que l'on vendait et fumait voluptueusement, rendant les plus modestes riches d'immenses volutes à dissiper sans modération dans l'espace. *Prenez et respirez ! Ceci est mon cigarillo* ! C'est l'époque du tabac roi, des gitanes et du *petit gris*.
Je respire encore avec délice les effluves d'alcools puissants : vin rouge, âcre gentiane, anis sucré. Quelquefois, je butine les fonds de verres !
La grande salle du café *a des parfums de vigne et des parfums de bière…*

Je suis libre ! Loin des tristes plaines de Champagne, trouées d'obus, creusées de tombes.

Les grandes personnes échangent, dans les coins, des paroles emplies de gravité.

L'unique téléphone du village, si vieux qu'il faut tourner la manivelle pour qu'il fonctionne, est accroché au mur. Ses sonneries rythment publiquement le destin de chacun, comme un carillon ou un glas.

Face au café, de l'autre côté de la route, se trouve le boulodrome, fierté locale, palestre des temps modernes, impeccablement entretenue, choyée, bichonnée, tracée au *cinquante*[1], méticuleusement.

J'ai dit que j'avais toutes les libertés. Sauf une ! fouler, de mes pas juvéniles, le sol du jeu de boules,

Un jour, pour l'avoir oublié, l'oncle Fernand m'a donné un coup de pied au cul ! Un de ces coups de pied au cul, à m'envoyer dans la lune, et lui, en prison !

N'en déplaise aux provençalistes étroits, ici point de pétanque *marseillaise*, ce jeu de fainéants ! Mais de la *longue*, autrement nommée *lyonnaise* ; bien autre chose qu'un simple jeu de boules : un sport de gentlemen, qui requiert discipline, adresse, et force physique.

Je me souviens précisément de tous ces dieux du stade, athlètes de la sphéricité, portant béret, suçant mégot, et vêtus en toute saison d'épaisses chemises à carreaux achetées à la foire du 11 novembre. Ils m'avaient pris en affection. J'étais leur mascotte. L'immense Paulus, avide d'un

---

[1] Le cinquante, tige en acier recourbée à l'une de ses extrémités, mesurant 50 cm (d'où son nom), sert à tracer les contours du terrain, ou *marquer* les boules.

amour paternel qu'il n'avait pu donner, me portait dans ses bras. J'aimais son odeur de corde et de vinaigre.
Les boules s'entrechoquaient en un concert de castagnettes. Mais point encore assez pour se hisser au rang de *madeleines…*

La fête votive de Saint-Pierre a lieu tous les quinze août. C'est l'événement majeur du village. Le vaisseau-amiral-café-tabac-téléphone devient centre du monde. Il bruisse comme une ruche, on entre, on sort, on s'installe sur la terrasse. Ma tante Marguerite pourvoit à tout. Maman l'aide.
Les attractions sont disposées autour.
Derrière, sous l'immense chêne qui couvre tout de ses ramages et lutte bravement depuis plus de cinq siècles contre les assauts du mistral, on installe la scène en prévision du bal. Il y a aussi un petit carrousel, des auto-tamponneuses, une pêche aux canards, un stand de tir qui distribue des peluches aux meilleures gâchettes.
De l'autre côté, c'est-à-dire devant le café de Saint-Pierre, un stand de confiseries, *chichis, pralines, pommes d'amour*, attire les bambins.
Un peu à l'écart, près du boulodrome, sous un petit chapiteau, un groupe de personnes entoure une table de jeu. C'est le *Casino Las Vegas*, tout rutilant de chrome. Un homme en noir, fait tourner une roue pendant que les joueurs misent de petites plaques, ou des sous, sur un grand tapis vert.
Parmi les parieurs, je reconnais Mario, l'un des grands amis de mon père. Il est toujours très gentil avec moi. Je viens me serrer contre lui afin d'observer les joueurs. C'est un homme de la campagne, grand chasseur et caveur de truffes, affable, souriant, timide, et estimé de tous. Il aime

réparer les chemins, remonter les restanques[1], élaguer les buissons. Il aurait bien aimé devenir cantonnier.
Mais ces places-là, elles ne se donnent pas !
On le dit pauvre, mais joueur.
En l'occurrence, le jeu s'appelle la *roulette*. J'ai vite fait d'en comprendre les règles. Une petite bille lancée à toute allure fait le tour d'une piste en forme de bassine aplatie, ralentit, cabriole, puis va se loger au creux d'une alvéole portant l'un des numéros du tapis.
Mario mise de petites sommes qu'il perd la plupart du temps, ainsi que les autres joueurs.

On m'a donné cent francs pour acheter des friandises. Une belle pièce en nickel, ornée d'une Marianne arborant un flambeau.
Dissimulé dans l'ombre de Mario, j'avance discrètement la main pour poser mes cents francs sur le rouge, ma couleur préférée, celle de mon vélo.
***Rien ne va plus* !** La petite bille, tourne, tourne, cascade, rebondit, roule encore, et va se loger sur un numéro noir.
J'ai tout perdu ! Adieu argent, bonbons, pomme d'amour ! Non ! La bille exécute une dernière cabriole avant de s'immobiliser, définitivement, sur le rouge ! je gagne !
L'homme en noir pousse vers moi des jetons avec un râteau argenté. Mario m'observe en souriant, l'air complice.
***Faites vos jeux* !**
Nous misons à nouveau. Le rouge sort encore ! J'aime le cliquetis des jetons, les gestes mécaniques, et cette tension nerveuse, électrique, qui saisit les joueurs.
Les jetons s'entassent devant moi !

---

[1] Muret entre deux champs, deux propriétés.

Rien ne va plus ! Le temps s'arrête. Mon cœur bat. La petite bille semble ne jamais s'arrêter. Je m'enhardis et jette trois jetons sur le numéro douze, celui de mon mois de naissance…
Les ombres caressantes du soir s'installent sur la fête votive. Les musiciens vérifient la sono :
- Un, deux, trois, quaaaâtre…

Rien ne va plus.
La bille roule, s'arrête, repart, et roule encore dans une crispation douloureuse du cœur…

Parmi le groupe des joueurs, quelqu'un m'observe avec intensité. Ah, je connais bien ce visage ! Ces yeux verts, constellés de petites taches brunes, ces sourcils broussailleux. C'est mon père. Le savoir près de moi ajoute à mon contentement :
- Papa ! Papa ! Contemple la gloire de ton fils !
Mais lui ne manifeste pas un pareil enthousiasme. Son regard est sombre, inhabituellement dur.
Il parle à l'homme en noir et désigne un panneau accroché au-dessus du tapis :
Interdit aux enfants non accompagnés. Les jeux sont strictement réservés aux adultes.
L'homme, qui paraît mal à l'aise, se gratte la tête :
- C'est que… j'ai cru que ce Monsieur - il désigne Mario - était le père de… votre fils. Ils semblaient si bien s'entendre tous les deux !
Mario, les yeux baissés, malaxe sa casquette.

Le 12 ! J'ai encore gagné ! J'aurais dû miser davantage ! On n'a d'yeux que pour moi. Je règne sur la table de jeu, Je suis riche. Je vais acheter un cadeau à maman.

- Ramasse cet argent et rentre à la maison ! m'ordonne Papa, sur un ton qui n'admet aucune réplique.

Je suis déçu. Que me reproche-t-on ? On me réprimande parce que j'ai gagné de l'argent ! J'ai plus de mille francs en poche.

Plus tard, j'ai compris la leçon de mon père, et probablement à cause de cela, jamais plus je n'ai joué à des jeux de hasard.
Mais il persiste dans mes pensées le long roulement hypnotique d'une petite bille qui roule, roule, et abolit le temps.

*

Les cauchemars sont les trous noirs de la psyché

Le visage de l'épouvante - 1956

Deux mois se sont écoulés depuis la fête votive de Saint-Pierre. Mes gains ont fondu avec l'achat d'un *six-coups* en aluminium que je glisse crânement dans mon ceinturon en cuir repoussé d'Amérique. L'automne a fait jaunir les feuilles du grand chêne, et dénudé les hauts micocouliers. La vigne vierge du café Saint-Pierre s'est teintée d'or et de pourpre. Des vols de canards sauvages migrent vers des cieux plus cléments.
Dans la grande salle du café-bar-tabac, les mines sont graves, les mouvements lents et feutrés. Les clients ont une façon nouvelle de *lever la casquette,* de boire plus vite, et de quitter les lieux, d'un pas accéléré, comme pour gommer leur présence, pour ne pas déranger.
On murmure, on chuchote, on soupire.
On a beau me tenir à l'écart de ces conciliabules, je comprends que tante Marguerite est gravement malade. Il se murmure que de terribles migraines, suivie de visions étranges, la ramènent au temps de son enfance.
La malheureuse perd la tête. Nous dirions aujourd'hui qu'elle *se déconnecte de la réalité.*
Le docteur a dit qu'elle doit aller passer des examens à Lyon.

Ma tante Marguerite, unique sœur de mon père, de douze ans son aînée, avait été pour lui une *seconde mère.*
Il ne me reste d'elle que peu de souvenirs. Ce n'est que lorsque je m'efforce, au prix d'un travail douloureux de mémoire, de ressusciter des images plus nettes, que ses traits peu à peu se dessinent, d'abord informés, puis précis, comme sous l'effet d'un révélateur argentique. Je revois sa

haute silhouette, son large chignon et son tablier noir. Elle se dresse derrière le comptoir du café Saint-Pierre, grande et belle, solide, puissante, en Arlésienne conquérante, ou plus justement comme l'une des cariatides des fontaines Wallace. Elle me porte dans ses bras. A son cou, je caresse un fin collier de perles pourvu d'un petit pendentif enserrant une minuscule photo de sa fille défunte.
Elle me presse contre sa poitrine élastique, attentionnée et maternelle. Ah, qu'en ces temps, j'étais heureux, et doublement choyé !
L'oncle Fernand, son époux, ne m'inspirait pas les mêmes sentiments. Sensiblement plus âgé que ma tante, il me semblait manifester un agacement permanent pour l'enfant turbulent que j'étais, ainsi que pour mon père. Replet, boutonné, hédoniste prudent, il aimait jouir sans entraves de ses menus plaisirs : petit cigare, petit café, et sempiternelle petite sieste, qu'il s'octroyait sur le siège arrière d'un énorme tacot, remisé sous un appentis, près des terrains de boules, tel un sarcophage dans une pyramide :
- Et surtout ne va pas réveiller ton oncle en pleine digestion, me répétait ma tante… Ça pourrait aggraver ses attaques de goutte !
Je confesse avoir longtemps gardé à l'égard de cet homme une rancœur tenace qui me le faisait considérer comme un membre singulier de notre famille, jusqu'à ce que, quelques années plus tard, il m'apparaisse combien l'irruption de notre tonitruante tribu dans son intimité, avait pu lui sembler dérangeante, à commencer par la présence de son beau-frère, rival ardent, impétueux, irascible, et quasi putativement, le fils de sa femme !

Papa et mon oncle Fernand ont accompagné Marguerite à Lyon.

Au café, la vie se poursuit comme en apesanteur. La grande salle s'est vidée et résonne comme une nef. Maman s'occupe du bureau de tabac.
Un jour blafard d'automne filtre à travers les rideaux tirés.
Au retour de l'école, on me confie dès que possible à des personnes de confiances.
Un jour, je suis invité à dîner chez nos proches voisins, un couple d'Arméniens qui s'était installé à Saint Pierre après la première guerre mondiale. Ils ont un accent délicieux et un petit bichon blanc que l'on traite exactement comme une grande personne, et qui se comporte exactement comme une grande personne. Malgré son âge avancé, il mange à table avec un petit bavoir toujours propre.
De temps à autre, je me réfugie dans une remise qui jouxte le café. En période de chasse, on y garde les *appelants* dans de petites cages. Ce sont des grives *musiciennes*, maintenues prisonnières, que l'on dispose, avec leurs cages, dans les bosquets pour attirer leurs congénères à portée de fusils.
Pour capturer ces petites sirènes, on enduit des branchages de glue en attendant qu'elles y posent les pattes. Selon la qualité du chant, elles font l'objet d'âpres négociations.
A la fin du printemps, pour prix de leur trahison, on les relâchera.

Durant les périodes fastes, celles des lotos notamment, pour lesquels le Café Bel-Air bénéficie d'une certaine notoriété locale, on peut se cogner la tête à celles, sanguinolentes, de gibiers suspendus par les pattes, et mis à faisander : perdrix, lièvres, faisans, et bécasses, plus rarement, qui menacent les yeux de leur bec effilé.
On trouve encore, dans la remise, d'antiques boules de pétanque, dont l'âme, en bois très dur, est percée de dizaines de clous, serrés les uns contre les autres, et formant

une sphère. Contre un mur est remisée une vieille pétoire destinée à chasser le canard.
Des reliques de l'activité bistrotière du Café de Barry s'entassent dans un coin : verres ébréchés, guéridons branlants, chaises fatiguées, siphons percés...
 C'est une caverne aux trésors innombrables, à l'abri du tumulte.
L'hiver, devant la porte, dans le plus grand secret, se tient un minuscule marché aux truffes.

La sonnerie du téléphone fracture le silence de la salle à manger.
Le verdict tombe, à la manière d'un couperet : ma tante souffre d'une lésion foudroyante au cerveau.
Tumeur maligne, très importante, affectant l'ensemble de l'hémisphère gauche.
Le mot cancer n'a pas encore fait sa grande entrée dans le vocabulaire.
Une opération de la dernière chance a été pratiquée.
Il ne lui reste que quelques heures à vivre.

-

Deux jours plus tard, un équipage vêtu de sombre, les épaules mouillées par la pluie automnale, entre dans le café.
- Où faut-il déposer la défunte ?
- A l'étage, répond mon père, pâle comme un linceul, à droite, dans la chambre du fond.
Mon oncle Fernand, accablé de douleur, le dos courbé, ne peut retenir ses sanglots.
Ma grand-mère, le regard fixe, les bras croisées, remâche, en tremblotant, sa peine.
Les marches en bois de l'escalier gémissent sous la lourdeur des pas.
Maman m'a retenu dans la cuisine, serré contre sa jupe.

Désormais, le corps de Tante Marguerite repose, au premier étage, dans la chambre du fond, sans vie, et pourtant si présent.
J'insiste pour le voir.
On refuse :
- Ce n'est pas un spectacle pour toi ! Il vaut mieux que tu gardes l'image de ta tante vivante.
En vérité, ce n'est pas ma tante que je désire voir, mais le visage inconnu de la mort. J'éprouve pour elle une curiosité lugubre, une hypnotique fascination. Je pressens qu'elle contient un mystère insondable.

Durant les jours précédents les obsèques, le café n'avait pas désempli : parents, amis, villageois, étaient venus rendre à ma tante une ultime visite. Leur nombre, les marques sincères d'affliction témoignaient de l'estime dans laquelle on tenait la défunte, *si gentille, toujours souriante, et tellement serviable*.
Maman, qui régissait la maisonnée, était exténuée. Mon père, tout aussi fatigué, préparait les obsèques.
L'esprit absent, je continuais à fréquenter l'école. Mes camarades me posaient des questions :
- Tu n'as pas peur, dis, avec la morte ?
Je mentais avec un aplomb formidable :
- Oh non ! Pas du tout, je vais la voir, le matin et le soir.
On me considérait avec étonnement. On me craignait pour mes fréquentations.

Un jour avant la mise en bière, j'avais accompagné ma grand-mère à la ferme.
Mamée, c'est ainsi que je l'appelais, était une petite femme d'aspect gracile, le visage fin, creusé de rides profondes. Elle marchait, légèrement courbée, mains dans le dos comme une paysanne. De noir vêtue, le fichu sur la tête,

elle portait le deuil d'une lignée entière, avec une apparence de stoïcisme antique.
De temps à autre, elle redressait le buste, laissant échapper quelques mots de patois :
- *Oh boudie, non sian grand causa* !
(Oh mon Dieu, nous ne sommes pas grand-chose !)
Je posai une question qui me brûlait les lèvres :
- Tu crois qu'elle est au ciel, dis, tante Marguerite ?
Elle eut une passagère expression d'impuissance, ses épaules tombèrent, mais aussitôt, elle releva la tête :
- Elle est là, dans nos cœurs, dit-elle, se touchant la poitrine, et elle y restera aussi longtemps que nous serons vivants.
Le soleil fit briller une larme au creux de sa paupière.
Nous étions arrivés à la ferme.

Parmi les animaux qui avaient survécu au décès de Papé, se trouvait une ânesse blanche, qui, en son temps, attelée à une petite carriole verte - toujours visible sous un hangar - avait maintes fois véhiculé ma grand-mère jusqu'aux marchés voisins.
La bête semblait d'humeur affable, un éternel demi-sourire à la commissure des lèvres, mais avait mauvais caractère.
Je crois bien qu'elle me détestait, et me jouait systématiquement des tours, si, d'aventure, je voulais la monter.
Ce jour-là, je lui avais à peine effleuré l'échine, qu'elle m'expédia d'une ruade contre le râtelier.
Je m'en tirai avec une arcade sourcilière entaillée, et une joue enflée.
Mamée posa doucement son mouchoir sur la plaie, et ajouta, dans un élan inattendu de solidarité :
- Tu vois, pitchoun, il faut être galant avec les vieilles dames !

De retour au café, pour ne pas affoler ma mère, je filai me changer dans ma chambre.

Comme à mon habitude, j'escaladai à toute vitesse le grand escalier qui menait à l'étage, utilisant la rampe pour me propulser vers le haut, à la manière d'un sauteur à la perche, et atterrir, d'un coup de reins, sur le palier, juste en face de la salle de bain. A ma droite s'ouvrait le long couloir qui desservait les chambres.

Je ne sais quel signal mit mes sens en éveil. Un long frisson me parcourut. Ma tante Marguerite était là, toute proche, dans la pièce voisine. Un élan me poussa en avant ; je franchis le léger coude que formait le couloir, et, tout à coup, je la vis, tournée vers moi, à travers l'entrebâillement de la porte, laissée ouverte.

Les traits livides, les draps immaculés, et l'immense bandage blanc dont était ceint le crâne, paraissaient dégager une lueur spectrale.

J'avais du mal à reconnaître dans ce tableau diaphane les traits familiers de ma tante : regard franc, front haut, lèvres pleines, ardente chevelure, d'un noir de jais.

Désormais, rien ne la distinguait d'une statue de cire.

Était-ce là le mystère attendu ?

Oh Non !

La mort est servante du vide.
La mort est une soustraction.
La mort est un entêtement.

N'osant ni avancer, ni reculer, je demeurai gauchement immobile. Il me semblait que l'air se raréfiait. Je suffoquais.

La tension était telle, ma peur si grande, que je crus voir les yeux de la morte s'ouvrir et sa tête bouger ! J'aurais voulu hurler, mais aucun son ne sortait de ma bouche. Des

ondes érectiles me parcouraient le corps. Jamais encore, je n'avais eu si peur.
Bien sûr, je concevais que ce que je voyais était le fruit de mon effroi, mais l'être humain est fait de telle sorte qu'il devient l'artisan de ses propres terreurs.

M'arrachant d'un bond au sortilège, je me ruai dans l'escalier, dévalai les marches quatre à quatre, et courus me jeter dans les bras de Maman.
Immédiatement, elle lut la terreur dans mes yeux :
- Où étais-tu ? demande-t-elle.
Je balbutie, reprenant avec peine mon souffle :
- Là-haut ! Là-haut ! J'étais avec la… M … Avec Tante Margot !
- Pauvre petit ! Murmura-t-elle en me caressant tendrement les cheveux. Je t'avais bien dit de ne pas y aller.

*

*Quand je me tourne vers mes souvenirs,
Je revois la maison où j'ai grandi,
Il me revient des tas de choses…
(Françoise Hardi)*

Nuit d'Orage (1956)

Quelque temps après l'enterrement de ma tante, dont je n'ai pas gardé de souvenir précis, le café fut mis en gérance, et nous déménageâmes pour la ferme du Bousquéras, notre maison familiale, située à mi-pente, sur la colline de Barry, au bout d'un long chemin de terre.
Là, poussent le thym, le romarin, et le genévrier. La nature y est sèche, sauvage, odorante.
Juste derrière les collines, ce sont les confins de la Drôme, les Baronnies et la Haute-Provence. Une contrée austère de braconniers et de brigands, de légendes et de secrets têtus.
En moins d'un kilomètre on passe du pays de Daudet à celui de Giono !
Cette nouvelle parenthèse dans notre vie familiale fut à la fois heureuse et incertaine. Je découvrais un monde de lumière, de senteurs et d'espace, qui m'enchantait.
Pour un enfant de mon âge, c'était un paradis. Pour ma mère, le purgatoire. Le manque absolu de confort, les interminables récits de chasse, rabâchés en patois, à quoi s'ajoutaient des difficultés financières, aggravaient sa propension à la neurasthénie.
La vieille bâtisse solitaire, ouverte aux quatre vents, d'une rusticité extrême, semblait faire corps avec ses abords de garrigue et de roche. Beaucoup des anciens animaux de la ferme continuaient à occuper les lieux, et pénétraient dans la maison, avec un invraisemblable sans-gêne. Il y avait des oies, des poules, des canards, et, bien sûr,

l'indomptable petite ânesse blanche, nommée Ninon, dont j'ai déjà parlé.
Le cabinet, d'une effarante rusticité, comme en exil derrière la maison, répondait au nom local de "cagadou", prototype de ces toilettes sèches, chères aux écologistes.

Ma chambre se trouvait au premier étage, au-dessus d'une vieille souillarde à l'odeur de lard rance, en haut d'un escalier.
Le soir, Maman me déposait précautionneusement dans mon petit lit vert, ceint de fer ouvragé. J'étais devenu plutôt lourd à l'époque, mais on ne refuse rien à son lapin d'amour.
Les murs affichaient les teintes délavées d'antiques badigeons. Ils dégageaient une impression de sobriété monacale, que renforçait encore un rameau d'olivier desséché, maladroitement punaisé au-dessus de mon lit, et attestant d'une foi familiale tarie. Au sud, vers la vallée, la chambre était percée d'une demi-fenêtre, obscurcie encore par des micocouliers, et, au couchant, d'un *cafuron* donnant sur la colline. C'est de là que provenaient le hululement soudain de la chouette, l'entrechoquement imprévu de pierres qui s'éboulent, ou le chant lancinant du grillon.
Souvent, après le départ de ma mère, je restai allongé, les yeux ouverts, attentif aux manifestations du monde de la nuit.
Près de la fenêtre, je distinguais dans la pénombre, le petit guéridon couvert de marbre, surmonté d'un broc de porcelaine blanche et le miroir piqué, témoins vieillots de maigres ablutions
Quelquefois, d'étranges pensées m'assaillaient.
Je m'imaginais que ceux qui avaient occupé cette chambre m'observaient avec curiosité.

- Crois-tu qu'il dorme ? demandait un vieil homme portant la ceinture en flanelle de mon grand-père.
- Non, non, il pense, chuchotait, l'index sur les lèvres, une femme en chignon qui ressemblait étonnamment à ma grand-mère.

Tapie contre le mur, la grosse armoire de bois sombre se mettait à trépider lorsqu'on marchait sur le plancher disjoint, ou poussait, au cœur de la nuit, un soudain craquement, tel un cri de douleur. Elle contenait toute sortes de draps, taies, jupons, châles, brassières, chemises de lin râpeux, vestiges immaculés d'un trousseau de mariée, brodé par ma grand-mère, encore empreint de senteurs de lavande.

Une chaise paillée, un peu branlante, tout droit sortie d'une peinture impressionniste, complétait le décor.

De l'autre côté du palier, face à la chambre, s'étendaient la magnanerie[1], et des immensités de fenils, de greniers, de mansardes, qui exhalaient des effluves herbacés. C'était le domaine des rats - *les garis* - que mon grand-père, puis mon père, chassaient à coup de fouet.

Combien de fois ai-je rêvé que je m'égarais dans ces enfilades de pièces, découvrant des passages inconnus et de nouveaux greniers. A perdre haleine, je courais dans d'immenses couloirs envahis de toiles d'araignée ; j'étais saisi d'une terreur atroce, et me réveillais, frissonnant, dans mon lit.

Une nuit, je fus réveillé en sursaut par un énorme claquement de tonnerre. Le vent hurlait, la pluie tombait à verse. De violentes bourrasques échevelaient les arbres du jardin.

---

[1] Vaste pièce où l'on élevait le bombyx du mûrier, ou ver à soie.

Opiniâtrement, un volet mal fermé cognait contre le mur. Par intermittence, des éclairs illuminaient la chambre. Telles des lances phosphorescentes, des ombres blanches montaient à l'assaut de mon lit. Mon cœur battait. J'étais la proie d'un indicible effroi.
Dans mon esprit fiévreux, se bousculaient des pensées d'ordre métaphysique : *la mort, le devenir, l'infini, le néant*, autant de notions qui m'étaient étrangères, mais qui, pour l'occasion, venaient buter sur mon entendement. Elles provoquaient en moi des tourments lancinants que je me plaisais à explorer avec une délectation morbide, comme lorsqu'on approche un doigt d'une lame tranchante, ou la main de la flamme.
J'avais entendu dire que notre univers était projeté dans l'immensité intersidérale à des vitesses supersoniques, au milieu de toutes sortes de corps célestes : galaxies, planètes, météorites ; sans compter, ajoutai-je, les innombrables âmes "montées au ciel" : Dieu, les Saints et les Anges, les défunts, et le Père Noël auquel je ne croyais plus, mais à peine ! J'imaginai avec effroi combien les risques de collisions étaient grands !
Simultanément, j'avais la sensation nauséeuse d'être immobile dans mon petit lit vert, et lancé dans l'espace comme le passager d'un véhicule incontrôlable.
Cette expérience était, à la fois, excitante et terriblement effrayante, de nature à marquer mon esprit durant le restant de mes jours.
Des réflexions existentielles, particulièrement celles relatives au destin, me plongeaient dans la perplexité. Que deviendrait le petit être portant mon nom ? Quand sonnerait sa dernière heure ? Qu'adviendrait-il du ciel et de la Terre ? Des animaux ? De l'Univers ? Comment savoir ? En ce temps-là, comme beaucoup de mes contemporains,

j'avais foi en la science, et pris la résolution de devenir un grand savant afin de sauver le monde !

J'eus l'idée extravagante d'un rendez-vous avec moi-même, par-delà le temps, et l'espace. Dès que j'aurais mis au point les bases d'un système meilleur - ce qui ne devait pas être tellement compliqué - je reviendrais dans cette chambre du Bousquéras, annoncer au monde entier la bonne nouvelle !

Les premières lueurs de l'aube entrèrent dans la pièce.

L'orage cessa. Un coq chanta.

Je m'endormis comme une masse.

Bien des années se sont écoulées depuis cette étrange *nuit de feu*[1]. La Providence m'a accordé une vie longue et pleine, sans que je réussisse à percer les mystères du Monde.

Pourtant, s'il m'est donné un peu de temps encore,

Sait-on jamais ?

*

---

[1] Je pense, avec toute la modestie qui s'impose, à Blaise Pascal, lorsqu'il vécut, dans la nuit du 23 novembre 1654, une expérience mystique exceptionnelle baptisée « Mémorial », ou « Nuit de Feu ».

Ode au Cagadou
(Pièce libre)

Qu'on me laisse, dans cette romance,
Chanter ton nom : cagadou !
Petit coin caché de Provence,
Discret cabanon, je te loue.

Je me rappelle ta flagrance
Quand chantaient les cigalous,
Et que venait la délivrance
Sous le ciel azuré du mois d'août.

Combien utiles tes lectures
A proximité mises au clou,
J'y goûtais la littérature,
Et des poèmes de René-Guy Cadou.

Solidement campé sur ta planche,
Gardant bien fermes les genoux,
Je tortillais le bas des hanches
Pour ne pas rater ton trou,
Cagadou !

*

C'est seulement quand on a perdu la mémoire que l'on peut librement revivre le passé.

Je ne serai jamais une coccinelle - 1956

Au printemps, on me mit à l'école primaire de Saint-Pierre. J'y entrai, avec retard, mais beaucoup de bonne volonté, et désireux de rencontrer de nouveaux camarades.
Force me fut de déchanter ! D'abord, je constatai avec effroi que la maîtresse, lorsqu'elle écrivait au tableau, usait d'une écriture qui m'était inconnue, faite de boucles attachées les unes avec les autres, selon un système qui m'échappait.
On appelait cela *écriture cursive*. J'allais devoir l'apprendre !
A Reims, d'où nous venions, on ne m'avait enseigné que les "lettres bâtons", ou si l'on préfère, les "minuscules d'imprimerie".
- Une erreur pédagogique majeure, jugeait mon institutrice.
On convint de m'administrer, en fond de classe, des séances de rééducation.

Une autre surprise, j'y pense encore avec amertume, fut la réaction de mes camarades en m'entendant parler.

A la récréation, dès les premiers mots que j'énonce, je lis sur les visages des signes de surprise, puis s'ensuivent des rires qui, promptement, se muent en moqueries. Les gamins, faisant mine de se tirer le nez, entament cette antienne :
Il a l'accent pointu !
Il a l'accent pointu !

Il a l'accent pointu !
Ils s'enhardissent, faisant la ronde autour de moi :
Il a l'accent pointu !
On s'amuse beaucoup ! c'est le jeu à la mode !
Je veux me plaindre, mais à qui ? Qui condamnerait ce salutaire bizutage propre à inculquer aux populations allogènes les bonnes habitudes ! A cette époque, il y a encore des bonnets d'âne au fond des classes, et l'on attache la main des gauchers au dossier de leur chaise ! Sans parler du sort que l'on réserve à ceux que l'on nomme encore *invertis* !
Je m'en veux de ma différence ; non seulement je suis incapable d'écrire *comme il faut*, mais je m'exprime dans un vocable maniéré et fleurdelisé[1] dont je perçois moi-même le snobisme et l'incongruité.
Je me regarde de travers dans la glace :
J'ai l'accent pointu !
J'ai l'accent pointu !

Un jour, n'y tenant plus, je rentre chez moi en pleurant, et confie mes tourments à Maman.
- Je vais aller à l'école parler à ton institutrice, et sans tarder ! s'insurge-t-elle, me prenant dans les bras.
Mon père, ancien militaire et partisan d'une action plus musclée, me confie ce précepte martial qui, la vie durant, l'a accompagné, et dont, dit-il, jamais il n'avait eu lieu de se plaindre : "vise le nez, et frappe fort !" ; formule élémentaire que j'applique bientôt. Sans lésiner, je distribue directs du droit et crochets du gauche à mes contempteurs

---

[1] On n'oubliera pas que la capitale champenoise a vu le sacre de 31 rois de France !

des deux sexes, et transforme la cour de l'école en infirmerie.
Je suis puni, sévèrement, et passe au piquet le plus clair de mes récréations. Je noircis suffisamment de lignes pour devenir champion d'écriture cursive. Je note encore que la méthode paternelle, dite aussi "américaine", m'a fait perdre jusqu'à la plus infime trace de mon accent pointu.

Au printemps, les préparatifs de la fête de fin d'année commencèrent. Les dernières directives en vogue en matière d'éducation consistaient à *fédérer les apprentissages autour d'un projet culturel, tout en développant le travail manuel et les innovations...* (Ou quelque chose d'approchant).
Partout en France, les écoles se transformaient en ateliers, en musées, en théâtres ! Les salles de classes croulaient sous les pots de colle et le papier crépon.
Dans notre établissement, qui se voulait à l'avant-garde, on concocta un ambitieux projet. L'idée directrice était de construire un grand panier de fleurs, autour duquel graviteraient, en de savantes chorégraphies, des élèves déguisés en insectes : abeilles, sauterelles, libellules, cigales. Ce grand tableau allégorique devant prendre le titre de "Sacre de l'Été".
Le rôle de la coccinelle m'échut. J'en fus d'autant plus satisfait que le rouge et le noir étaient mes couleurs préférées, et, par une bienheureuse coïncidence, celles de mon vélo.
Les travaux avancèrent avec rapidité. L'énergie enfantine, inépuisable, permit de confectionner le haut panier de fleurs, le bénévolat maternel de coudre les costumes.
Terminée en un temps record, l'œuvre magistrale, érigée au milieu de la cour, eut les honneurs de la presse locale dans un article du Réveil Bollénois.

Par malchance, huit jours plus tard, une rafale de mistral endommagea la précieuse structure qui ne dut son salut qu'à l'intervention des pompiers, qui, l'assujettirent au grand platane de la cour par des filins de pêche.

Le troisième jeudi de juin vit affluer un public nombreux pour la première du spectacle.

Il fait beau. Le temps, chaud pour la saison, a des senteurs d'herbe coupée. Au dernier rang, un peu cachés, j'aperçois mon père et ma mère qui m'encouragent de la main. Une ambiance de fête règne dans l'assemblée. Vêtus de nos costumes, nous écoutons les maîtresses donner les ultimes conseils : d'abord les sauterelles, puis les chenilles, le hanneton, enfin la coccinelle…

Immobile sur son trône, en forme de lotus, la Reine de l'Été, une cigale en robe blanche, coiffée d'un lourd diadème, promène un regard altier sur son peuple d'insectes. C'est Katia, l'une de mes camarades de classe. J'ai du mal à reconnaître en elle la fillette timide qui lève sagement le doigt, et parle d'une voix zozotante. Elle est belle, très belle, majestueuse, transfigurée ! Un flot de pensées étranges me pénètre. Ses yeux, fardés, brillent avec intensité. Est-ce moi qu'elle regarde ? Mon cœur se met à battre.
Jusqu'à présent mes congénères féminines ne m'ont inspiré qu'une vague curiosité, matinée de dégout.
Les femmes ! Un grand du cours élémentaire m'a vaguement parlé de choses répugnantes.
Et pourtant, là, en moi, cet aiguillon qui veut percer la carapace de coccinelle, fabriquée par ma mère ?
Haut les cœurs ! J'ai une armure de chevalier marquée du blason à sept points. Monté sur mon vélo rouge et noir, ou

mieux encore, sur mon ânesse blanche, arborant le ceinturon de cowboy ramené par mon père, je vais présenter mes couleurs à la Reine :
- O mon aimée, ô Katia, je te défendrai des moustiques et autres mille-pattes...
- Psitt ! Psitt ! Eh, là-bas, la Coccinelle ! Mais que fais-tu ? Dépêche-toi de rejoindre le groupe !
La coccinelle ?
C'est moi !
Revenant brusquement à la réalité, je fonce à contresens, tel un bouvillon dans l'arène ! On s'esclaffe, on applaudit ; un spectateur crie :
- Olé !
Saisi d'une honte indicible, je cherche le salut dans la fuite, contournant le grand massif de fleurs.
C'est oublier le fil de pêche tendu par les pompiers, que je sectionne de mes antennes !
Lentement, le grand bouquet s'affaisse, recouvrant de carton et de papier crépon la Reine de l'Été.

Après divers conciliabules, entre mes parents et les instituteurs, je fus mis en vacances "par anticipation". L'on m'interdit d'aller voir le spectacle, que de mauvaises langues avaient renommé : "massacre de l'Été"[1] !

L'année suivante, Katia, la belle, resta insensible à mes charmes.

---

[1] De la même manière, le « Sacre du Printemps », d'Igor Stravinski fut rebaptisé « Le Massacre du Printemps », lors de sa représentation au théâtre des Champs-Élysées, en 1913. Il en va souvent ainsi des plus grands chefs-d'œuvre.

*

Méditerranée
Aux îles d'or ensoleillées
Aux rivages sans nuages
Au ciel étoilé…
(Tino Rossi)

Vacances à La-Ciotat – 1956
(Résilience avunculaire)

Un été, on m'envoya à La-Ciotat, en vacances chez mon oncle et ma tante, venus de Saint-Etienne, accompagnés de mes cousines, Annelise et Marie-Agnès, ainsi que par Madame Jacob, baptisée Mamy, la mère de ma tante.

A La-Ciotat, la ville entière résonne des chocs titanesques provenant, à intervalles réguliers, du chantier naval.
On fabrique de gros bateaux : cargos, méthaniers, céréaliers, en un *Meccano* gigantesque. Du quai, j'aime observer les grues immenses, les soudeurs suspendus le long des coques dans de minuscules nacelles comme des araignées. J'aime les odeurs de fer chaud, de goudron et d'algue. De temps à autre, quand on libère l'un de ces monstres métalliques, à grands renforts de sirènes, de grosses vagues submergent les quais de la ville. On voit des gens qui sautent, et l'on entend des cris. On se rit des imprévoyants. C'est très gai !

Une autre richesse de La-Ciotat ce sont ses plages, qui se développent de part et d'autre de la ville. Il y en a pour tous les goûts :
A l'est, un long chapelet d'anses sablonneuses, bordées de pins, où l'on peut construire des châteaux de sable, courir, et se tremper interminablement dans une eau tiède et peu profonde.

- Trop chaud ! Un sauna ! Un bain turc ! Pas envie de nager dans cette "soupe populaire", dans cette "pisse d'âne" ! Commentent avec mépris mes cousines, qui, à l'évidence, ne goûtent pas de ce bain-là.

Tout le monde s'y presse.
Nous n'y allons jamais !

Vers l'ouest - changement radical de décor - c'est l'univers de la pierre sèche, acérée, tranchante.
Un duo de petites calanques perce la côte de langues d'un bleu cru, tout vibrant de vaguelettes nerveuses. La pierre est sombre, la grève étroite, le cadre austère.

Nous y allons toujours !

Le lieu s'appelle *Le Mugel* ! C'est le repaire des vrais nageurs, des nautes courageux, des nymphes téméraires, des sirènes vaillantes.
Qu'importe l'exiguïté de la grève, qu'importe que de petits cailloux pointus transforment en planches à clous les serviettes de bain, chaque jour, ma tante, mon oncle, mes cousines, et Madame Jacob, baptisée Mamy, se trempent avec délectation dans le fluide glacé.
Mes cousines s'en oignent, comme d'un chrême, avec le stoïcisme de naïades antiques.
La petite troupe s'élance et fend l'eau à la manière d'un troupeau de dauphins.
Tous nagent bien, vite, longtemps, on ne voit plus, au loin, que des bonnets de bain balancés sur les vagues, comme autant de petites bouées.

Pendant ce temps, je reste sur la plage. Mes compétences en natation ne me permettent qu'un strict maintien dans

l'eau. L'estomac noué, j'affronte le flot hostile qui m'enserre les chevilles, les mollets, le cou, tel un élastique frigorifiant. Ma peau rougit et se hérisse de vésicules violacées.
- Oh la poule mouillée ! me lance un jour l'une de mes cousines.
J'ai honte et je grelotte. Je barbote au bord de l'asphyxie, puis reviens précipitamment vers la plage.

La chasse aux petits crabes verts, qu'ici on baptise *favouilles*, m'ouvre de nouveaux horizons. J'ai remarqué qu'un certain nombre de ces agiles crustacées ont élu domicile sur les rebords escarpés de la crique, dans une tranche de falaise tour à tour couverte et découverte par les crêtes d'écume. Cela permet, en s'accrochant aux aspérités des rochers, de progresser sans trop entrer en contact avec l'eau.
J'accomplis, si l'on veut, une forme de chasse horizontale, "en crabe", justement.
Je m'avance toujours plus loin, nanti d'un petit filet et d'un fil de fer à l'extrémité recourbée pour déloger mes proies tapies dans les rochers. La perspective de pouvoir jeter le produit de ma pêche sur le dos des cousines lorsqu'elles rentreront se sécher, ajoute à ma motivation.
- Plus tard je serai chasseur de crabes, me dis-je, avec un bon goût de sel dans la bouche, et la tête pleine d'aventures lointaines.
Mais, soudain, une douleur aiguë me traverse le pied !
Je viens de marcher sur des fils de fer barbelés, vestiges insoupçonnés d'une ligne de fortifications allemandes défendant la calanque.
On a tendance à oublier qu'à l'instar du mur de l'Atlantique, une série de guérites et de blockhaus à demi ruinés

(et sentant férocement l'urine) ceinturent encore la côte provençale.
Les barbelures m'ont entaillé assez profondément la plante du pied. Mon sang précieux se mêle aux vaguelettes, et attire des poissons minuscules. Libérant précipitamment mes favouilles, je me jette à la mer et tente de regagner la plage en une débauche de brassées laborieuses.
De loin mon oncle a observé la scène ! Dans un crawl impeccable, il me rejoint juste avant que je boive la tasse.

Par bonheur, la blessure n'est pas bien grave ; on me badigeonne de mercurochrome et l'on me pose un pansement.
Désormais, je me traîne, pied bandé, affectant une claudication de vieux loup de mer et une expression de douleur christique.
Mon oncle, ancien (vrai) résistant, se plaît à m'imaginer comme la dernière victime de la barbarie germanique.

Mes séjours à la calanque sont devenus un vrai chemin de croix. Les petits galets sont les clous de ma crucifixion. Je demeure sagement assis sur une serviette de bain à lire *Pif le chien* pendant que le restant de la parentèle batifole dans les rouleaux.

Je rôtis, comme une volaille à la broche !
Que l'on n'aille pas croire que je cherche à apitoyer le lecteur sur mes mésaventures, ou, pis encore, que je veuille tirer de mes malheurs de quelconques effets comiques : le fait est que mon épiderme, contrairement à ceux des autres membres de la famille, et à celui du commun des baigneurs, refuse obstinément de *prendre le soleil*. Ma peau se teinte de rougeurs, se zèbre de traces violacées.
 - Ce n'est pas beau à voir.

- *Brûlures au second degré* ! diagnostique la pharmacienne. Il ne faut pas que cela suppure ! On n'a pas idée de laisser des enfants sous un soleil pareil !

On fait l'achat d'un parasol que l'on dispose, tel un dais, pour protéger ma carnation. On me gâte…

Ô combien, aujourd'hui encore, je loue la patience de mes tantes et oncles, injustement confrontés à une qualité de mauvaise foi, particulièrement rebutante, émanant, non point d'un trait de caractère, ni d'un acte voulu, mais de la physiologie même d'une personne - sui generis – issue de son corps et de ses atomes.

Cependant, la douleur nourrit peu à peu le pardon, la souffrance me donne, aux yeux de mes cousines, une insoupçonnée plus-value.
- Pauvre petit, mais que va-t-on faire de lui, susurre Mamy, en s'approchant de moi.
Je saisis aussitôt l'occasion :
- Oh, j'aimerais tant que nous allions à la plage de sable, hasardé-je, en levant des yeux implorants.
On consent à mes objurgations.

Cette année-là, mes vacances eurent une fin heureuse :
Dans la *soupe* et la *pisse d'âne*.

*

Un mal qui répand la terreur
Mal que le ciel en sa fureur
Inventa pour punir les crimes de la terre,
La peste (puisqu'il faut l'appeler par son nom),
Capable d'enrichir en un jour l'Achéron,
Faisait aux animaux la guerre.
(Jean de la Fontaine – Les animaux malades de la peste)

Les affres de la myxomatose - 1957

Dans notre famille, nous avons toujours mangé beaucoup de lapin :
- Lapin de garenne, chassé par mon père, mijoté en cocotte, avec un peu de saindoux, ail en chemise, gros lardons, laurier, sauge, une branche de thym, quatre grains de genièvre, et mouillés, en milieu de cuisson, d'un verre d'eau de vie.
- Lapin domestique, préparé par Maman, coupé en morceaux, fariné, et revenu au beurre, accompagné de moutarde, vin blanc, champignons, olives vertes (facultatives), crème fraîche. Sans oublier le foie, haché avec un peu de thym, et l'estragon en branches.

Pour satisfaire à cette consommation familiale et pour gagner un peu d'argent, mon père s'était mis en tête d'élever des lapins. Il restaura et agrandit les vieux clapiers de mon grand-père et y installa de nouveaux locataires. Puis il sema un carré de luzerne.

Je passais des heures à observer ces curieux mammifères, de bonne compagnie, mignons et attendrissants, mais loin d'être aussi communicatifs que d'autres animaux domestiques, tels les chiens ou les chats.

Le lapin mâche, mâche, mâche, interminablement, et s'exprime en bougeant les oreilles.

L'une des scènes les plus spectaculaires de la cuniculture[1] se produit quand on conduit Madame Lapine chez Monsieur Lapinou, qui occupe sa propre garçonnière.

Sitôt déposée dans la cage, Madame Lapine fait mine de brouter quelques brins de luzerne, puis va se giter dans un coin, oreilles baissées, œil brillant. Là, sans attendre, Monsieur Lapinou exécute sa petite besogne à une vitesse absolument phénoménale, qu'aucun humain, fût-il le mieux nanti, ne saurait égaler ; puis il est saisi d'une espèce de spasme, étonnamment violent, qui, la messe dite, le laisse comme électrocuté, étalé sur le flanc.

A la naissance, les lapereaux sont les êtres les plus fragiles au monde : minuscules, informes, le nez humide, tremblotants, aveugles…

Interdiction formelle de les prendre ou de les caresser !

Mon père vend le produit de son élevage à un grossiste volailler[2], au marché de Pont-Saint-Esprit, le samedi matin.

Le lapin se développe vite. En quatre semaines son poids a décuplé, il sent déjà la casserole !

Un jour Papa revint à la maison, l'air contrarié, en s'essuyant les mains contre sa salopette.

- Quelque chose qui ne va pas ? Demanda aussitôt Maman.

- Les lapins ! Ils ont attrapé la myxomatose ! répondit mon père, sombre, ce n'est pas beau à voir !

En effet, deux des lapins ont les yeux horriblement saillants, d'un blanc crayeux, et purulents. Tout leur corps est déformé par des nodosités. Ils respirent avec difficulté.

---

[1] On dit aussi, moins joliment : cuniculiculture.
[2] En termes de commerce de bouche, le lapin est étonnamment considéré comme une volaille.

- Les pauvres bêtes ! C'est horrible ! Lâche Papa, le visage fermé.
- Surtout ne t'approche pas, mon petit, lance Maman, prudente.
- Il ne risque rien, *ce n'est pas contagieux pour les êtres humains*, précise doctement mon père.

La myxomatose avait fait son apparition en France quelques années auparavant, de façon surprenante. Pour protéger son exploitation de la prolifération des rongeurs aux grandes oreilles, un riche propriétaire du Val de Loire, professeur de médecine, particulièrement mal inspiré, l'avait clandestinement importée d'un laboratoire helvétique. L'épizootie s'était alors répandue en Australasie et dans toute l'Europe, et avait fini par avoir la peau de la quasi totalité des malheureux lapins.

Mes parents appartenaient à cette génération qui avait vu les vaccins et la pénicilline éradiquer de terrifiantes maladies, telle la rage ou tuberculose. Ils avaient une foi absolue en la science.
Le corollaire à cette croyance touchait au rôle primordial de l'hygiène. La maisonnée vivait sous sa stricte observance. Point de repas avant lequel l'on ne se fût lavé les mains, des ongles jusqu'aux coudes ! L'ennemi capital, le fourbe, l'insidieux microbe, occupait d'autant plus d'espace qu'il était minuscule. Les craintes qu'il inspirait nous le faisait représenter comme une espèce de scorpion en modèle réduit, en beaucoup plus méchant. Mon père comptabilisait en milliards de milliards les virus susceptibles d'occuper la surface d'une tête d'épingle. Maman désinfectait, à l'*eau de javel*, les moindres surfaces, et livrait un combat sans merci aux insectes, surtout les mouches, à

coup de pulvérisateur qu'elle actionnait à la manière d'une kalashnikov.
Une autre croyance de mon père consistait à considérer les États-Unis comme la grande nation sanitaire du monde. Les campagnes de démoustication de la Camargue paludéenne, après la seconde guerre mondiale, par largage à hautes doses d'insecticides l'avaient impressionné. Parmi ces bienfaisants produits, l'Attila des parasites, le redoutable *dichlorodiphényltrichloroéthane*, autrement nommé DDT, était son préféré. Il en saupoudrait les remises, les granges, les greniers, substituant aux vieilles odeurs de fenil et de fientes, les saines fragrances de la modernité. Il est des lieux, dans la maison, qui, aujourd'hui encore, six décennies après la fin des expériences cunicoles, en conservent l'odeur.
Enfarinée de poudre blanche, à des doses énorméopathiques, la troupe des lapins résistait.

Le remède s'avéra efficace. Les contaminés de de la première heure, moururent, mais le reste de la population fit corps contre la maladie. Les heureux protégés de Papa, proprets, enfarinés, frétillants jusqu'à l'impertinence, constituèrent une exception notable dans l'hécatombe environnante.

Maman se remit aux fourneaux. Un des bienheureux survivants du clapier fut choisi pour passer à la casserole, accommodé de moutarde, vin blanc, champignons, crème fraîche, sans oublier le foie, haché avec du thym, et l'estragon en branches.
- Bon appétit ! dit ma mère.
Après quoi, en un accès de civilité tout à fait inédit, chacun se tourna vers les autres pour les encourager à manger les premiers.

Finalement, Papa attacha théâtralement sa serviette, puis se mit en devoir d'attaquer le repas.
- Excellent ! conclut-il après la première bouchée. Qu'attendez-vous pour commencer ?

Je triture en rechignant un gros morceau de râble du bout de la fourchette :
- Dis, Papa, c'est normal ? Le lapin, il a les os tout rouges !
Mon père me fixe durement, le sourcil ombrageux, s'efforçant de taire sa colère :
- Allons, dépêche-toi, ne dis pas de bêtises !
- Mais c'est vrai qu'ils sont rouges, les os ! renchérit Maman, en montrant son assiette.
Devant elle, une cuisse à moitié entamée, laisse apparaître un tibia écarlate.
Papa, livide, repose bruyamment ses couverts, arrache sa serviette, et sort brusquement dans la cour.

Cela ne faisait aucun doute : le DDT était responsable de la fâcheuse coloration osseuse des léporidés paternels. Frustré d'un succès qu'il s'était cru sur le point d'obtenir, mon père accusa cruellement le coup. On le voyait souvent du côté des clapiers, l'air songeur.
- Et pourtant *la myxomatose n'est pas contagieuse pour l'homme,* maugréait-il parfois avec des gestes d'impuissance.

Un samedi, tôt le matin, il partit promptement en voiture, emportant ses lapins avec lui, enfermés dans des cages.
Maman et moi étions inquiets, redoutant qu'il ne prenne de sombres décisions dictées par le dépit.
Les chiens, eux-mêmes, posés sur leur séant au milieu de la cour, dressèrent une oreille, alarmés. C'était un couple

de bâtards, nommés Rip et Pompon, anciens limiers de mon grand-père qu'on eût dit directement sortis d'un album de bande dessinée, le premier, au pelage moiré d'hyène, le poitrail large, les crocs saillants, l'autre, d'un noir brillant de bâton de réglisse, volatile et simple d'esprit.
Contre toute attente, mon père fut de retour bien plus tôt que prévu et descendit de la voiture l'air triomphant, la démarche altière, faisant s'envoler une compagnie de pigeons dans un bruyant battement d'ailes.
- Mais où étais-tu ? lui demanda Maman.
- Chez le volailler, à Pont-Saint-Esprit. J'ai vendu les lapins ! répliqua Papa, l'air roué.
Ma mère écarquilla les yeux :
- Et, tu lui as dit...
- Qu'ils avaient les os rouges ? Bien sûr ! Il les a pris à moitié prix !

Cette année-là, de candides consommateurs dégustèrent de la terrine de lapins aux os rouges, dopés au DDT !
Heureusement, comme chacun le sait : *La myxomatose n'est, en aucun cas, transmissible aux humains.*

*   *   *

C'étaient des perdrix, mais leur poids me surprit : elles étaient aussi grandes que des coqs de basse-cour, et j'avais beau hausser les bras, leurs bec rouges touchaient encore le gravier... (Marcel Pagnol – La gloire de mon père.)

L'appel de Diane

1963 – Dans notre maison familiale à Bollène. Ma mère, mon père, Poupette et Laïka.

Depuis hier, les chiennes ne tiennent plus en place. Elles jappent et se traînent, ventre à terre, sur le carrelage de la cuisine, saisies d'une impatience irrépressible.
- Mais qu'est-ce qu'elles ont, les Toutounes ? Demande ma mère.
- Je n'en sais rien, dis-je. J'espère qu'elles ne sont pas malades.
Moi aussi je les trouve bizarres.

Mon père vient de rentrer du travail. Il suspend son pardessus humide au porte-manteau de l'entrée, et nous salue d'un air lointain.
Lui aussi a l'air bizarre. Il en oublie de mettre ses pantoufles !
Aussitôt, les chiennes lui font la fête. Elles se traînent à ses pieds en poussant des glapissements.
- Couchées, vilaines filles ! tonne le maître de séant, de sa plus grosse voix.
Prestement, les vilaines filles filent vers leur panier, queue basse et regard en coin.

Pendant ce temps, en catimini, le redoutable dompteur de meute entre dans *la patouille* qui jouxte le salon, une an-

cienne cuisine devenue un capharnaüm (nous dirions aujourd'hui pièce polyvalente) où, pêle-mêle, pendent des vêtements, sèchent des figues, s'alignent des bocaux...
Il en ressort, gibecière au côté, fusil en mains, coiffé de son chapeau acheté au Tyrol.

L'apparition du Christ ressuscité, ne dut pas engendrer plus de saisissement parmi les Hiérosolymitains[1] de l'an Un. Pour la gent canine c'est l'acmé de la vie domestique.
Les bienheureuses chasseresses entrent dans une transe accompagnée de reptations et de hurlements hystériques, ce qui qui n'est pas sans déplaire au virtuel chasseur, lequel, fusil pointé vers un gibier imaginaire, se montre, c'est le cas de le dire, effrontément cabot.
Cette scène cocasse, qu'il faut même qualifier de burlesque, a pour conséquence de nous faire, Maman et moi, rire aux éclats.
Un peu gêné de se sentir pris en flagrant délit de connivence interspéciste et de tartarinade, Papa annonce qu'il se retire, pour aller préparer ses cartouches.
Puis, index pointé, considérant affectueusement Poupette et Laïka :
- Ah, les petites malines ! Je me demande comment elles ont deviné !
- Deviné quoi ? interroge Maman.
- Eh bien, que, demain, c'est l'ouverture de la chasse !

*

[1] Habitants de Jérusalem, et des zones périphériques.

L'Auvergne est la terre des malades. Tous ses volcans éteints semblent des chaudières fermées où chauffent encore, dans le ventre du sol, les eaux minérales de toute nature.
(Guy de Maupassant - Mont Oriol*)*

Miracle à La Bourboule - 1958

Était-ce la conséquence des hivers froids, ou des épreuves traversées ? À mes problèmes respiratoires s'ajoutait un nouveau symptôme : je bayais aux corneilles, l'air absent, mâchoire pendante !
Dès qu'il s'en trouvait l'occasion, mon esprit s'envolait, je bayais.
Même à l'école, et surtout à l'école, mon esprit s'envolait !
- Baye, que baye ! S'exclamait Papa. Attention de ne pas gober une mouche !
Consulté, le docteur Ferreux attribua mes béances au manque d'oxygénation du cerveau, ce qui me plongeait dans des états *semi-cataleptiques*. Il précisa, en me pinçant le nez, que la colonne d'air bloquée par les muqueuses conduisait à des apnées sévères.
- Et c'est grave, Docteur ? ces apnées ? demanda Maman, avec une sourde inquiétude.
- Ce n'est pas mortel, dit le médecin, mais, dans certaines circonstances, le patient peut développer des symptômes *schizotypiques*.
Maman ouvrait des yeux, grands comme des soucoupes.
- Rassurez-vous, madame, nous n'en sommes pas là !
Il me lâcha le nez, et consulta sa montre :
- Mais, ça fait tout de même deux minutes qu'il ne respire plus !
Il ajouta :
- Les cures thermales constituent, depuis les Romains, et même, antérieurement, depuis les temps druidiques, une

thérapie très efficace contre les maladies. Rien de tel pour l'oxygénation !
Ainsi fut-il convenu, séance tenante, que j'irais faire une cure à La Bourboule (Puy-de-Dôme).

Le départ fut fixé en juillet, dès les premiers jour de vacances.
En ce temps-là, la petite cité auvergnate, sise à 800 m d'altitude, dans un cadre harmonieux de montagne, près des sources de la Dordogne[1], pouvait être qualifiée de grand hôpital à ciel ouvert à l'usage de galopins morveux, ou de version aboutie d'un *Knockville* à la Jules Romain[2].
C'était l'un des premiers, et plus grands, centres européens de pédo-thermalisme, spécialisé dans les troubles respiratoires. On y soignait aussi l'eczéma ou l'acné juvénile, qui, par bonheur, dédaignaient encore mon candide épiderme.
Les pensions, hôtels, meublés, maisons d'enfants, résidences en tous genres, étaient légions, dans et autour de la ville.
Nous occupions un minuscule appartement, dans un immeuble dénommé l'Edelweiss, non loin des thermes de Choussy, fondés au XV° siècle, et remaniés, ultérieurement, par un certain Le Corbusier... Lui, encore !
A La Bourboule, on soigne les enfants, et on rassure les parents.

---

[1] Le fameux cours d'eau résulte de la réunion hydraulique et sémantique de la Dore et de Dogne, qui prennent naissance sur les pentes du Puy de Sancy.
[2] Knock ou le triomphe de la Médecine, pièce en trois actes de Jules Romain (1923), dont on retiendra l'apophtegme fameux : *Les gens bien portants sont des malades qui s'ignorent* !

Un médecin assermenté définit les besoins et les soins adaptés à chacun. Maman, toujours attentive à la santé de son petit poussin, plaide pour que l'on m'administre le programme optimal :
- Attendu, Docteur, l'état de ses muqueuses...

Eh bien, soit ! On ne lésine pas ! Tous les matins, de 9 h à 11h 30, je rejoins le cortège de petits camarades livrés aux soins d'un personnel essentiellement féminin, aux traits robustes, à la plastique pénitentiaire plutôt que balnéaire.
Nos sylphides, aux larges mains, étaient des Walkyries !
- Allez, les enfants, on se range, et sans bruit !
En avant, marche !
Disons-le tout net, la cure à La Bourboule s'apparentait plus à un chemin de croix qu'au *parcours de santé* annoncé par la publicité.
Nous avancions, en rangs serrés, revêtus d'un peignoir en tissu éponge, dans un milieu strictement sanitaire, caparaçonné de faïence blanche, gorgé d'humidité.
Il y avait des bains interminables, commencés dans une eau trop chaude, et terminés glacés.
Il y avait des séances d'aspersion violente, accompagnées de jets sournois, dans les côtes et les parties intimes.
Aïe !
Il y avait toutes sortes d'inhalations qui pénétraient douloureusement les muqueuses.
Il y avait les séances de brumisation collectives pendant lesquelles le brouillard devenait si épais que nos condisciples étaient escamotés.
Il y avait des rinçages de nez et de gorge qui s'opéraient à l'aide de canules de diamètres croissants tels les forets d'une perceuse.
A mi-journée, ablutions terminées, nous regagnions nos appartements, le foulard sur la bouche, pour y subir une

dernière épreuve : la sieste obligatoire, dans un silence de cathédrale, volets clos, et ventre vide :
- Maman, j'ai faim…
- Encore vingt minutes, ne bouge pas, et ne dis rien…
Vingt minutes ! Facile à dire ! D'autant que, pendant que nous suffoquions dans les vapeurs thermales, les parents, eux, s'en donnaient à cœur joie, recouvrant les plaisirs oubliés de la vie conjugale !

Ô la belle vie
On est seul
On est libre
Et on traîne
    (Sacha Distel - 1964)

J'imaginais, en serrant les poings, les conversations de ma mère avec nos voisins, de retour à Bollène.
Elle dirait :
- Nous avons Âdoré la Cure à La Bourboule ; vraiment, je vous la recommande…
Ils répondraient :
- On vous croit volontiers, MadÂme ! Quelle chance ! Mais nous n'avons pas d'enfants suffisamment malÂdes…
Elle conclurait, avec son goût pour les formules :
- Comme quoi, voyez-vous : *à toute chose malheur est bon* !

Le repas de midi dévoré, la grande affaire c'est de tromper l'ennui. Les stations thermales génèrent cette torpeur particulière qui infuse la société comme des opiacés. Les démarches et les conversations s'y font plus lentes, et les bâillements plus fréquents.

Outre le Casino, épicentre de la langueur mondaine, le Parc constitue l'autre pôle majeur de l'alanguissement.

Avec son cirque de montagnes, ses jeux, son grand bassin, où de jeunes bourgeois, et futurs capitaines, font voguer leurs voiliers, son kiosque à musique, ses chaisières, ses gigantesques séquoias ramenés d'Amérique, ses petits ânes nonchalants promenant, sur leur dos, des enfants de la ville, le parc Fenestre constitue un haut lieu du thermalisme puydômois.

Un jour, je demande à mon père si je peux, moi aussi, faire un tour de baudet.

Question stupide. Papa pousse un hennissement :

- Hein ! Quoi ? Comment oses-tu demander une chose pareille, alors que tu possèdes un âne à la maison ? Un âne personnel, un âne à ta disposition, un âne, que d'ailleurs tu ne montes jamais ! Non, mais, quand même !

Je suis sur le point de répondre que notre vieille ânesse a l'échine irritable et le sabot vengeur...

Mais il n'écoute pas, et me désigne un groupe d'apprentis Stevenson, en culottes courtes, qui attendent leur tour :

- Je me demande combien d'entre eux possède une monture, ironise Papa : un palefroi, un destrier, un étalon, peut-être ?

Puis dodelinant de la tête, et prenant la montagne à témoin :

- Un âne ! Ah, Ah ! c'est extravagant ! Un âne ! Il veut un âne, pour aller faire un tour...

Je renonce, sans insister, aux plaisirs équestres, car je sais que, sous la superbe paternelle et les rodomontades, se dissimulent de prosaïques considérations financières. Les frais de cure, et des dépenses imprévues, ont copieusement entamé le budget familial.

Je me fais la promesse de ne plus rien quémander pendant le restant du séjour...

Et pourtant, ces soldats de plomb, que j'ai vu, l'avant-veille, ces spahis, splendides sur leurs montures... Ils portent le sarouel, une espèce de pantalon bouffant, et une cape rouge. Comme ils sont beaux ! Comme j'aurais aimé les voir dans ma collection, à Bollène !

La ville regorge de bimbeloteries, bazars, bric à brac, débordant de sujets insolites et clinquants, comme ces parures Grand Siècle en véritables corindons du Velay, ces baromètres en biscuits rococo de Limoges, ces incontournables boules à neige prodiguant, quand on les secoue, de féeriques avalanches, ou bien encore ces tribus de lutins besogneux vivant dans de gros champignons.

Je brûle d'offrir ces trésors à mes proches. Mais mon impatience se heurte immanquablement au véto parental.

Ce type d'achats se fait au tout dernier moment, dit Maman, d'autant qu'en matière de dons, il n'y a *que l'intention qui compte...*

De leur côté, tranquilles, arachnéens, les boutiquiers finissent toujours par avoir le curiste à l'usure.

Et les Montagnes ? Ces merveilleuses montagnes d'Auvergne : le massif du Sancy, la chaîne des puys, les sommets du Cantal, de l'Aubrac, et de la Margeride... Ces hautes terres, regorgeant de forêts, de lacs, de lieux chargés d'Histoire ?

Elles s'estompent ! Elles se dérobent ! Elles se cachent !

Le temps est exécrable !

La vue s'étend à peine plus avant que le panache de nos haleines.

- C'est bien le pire mois de juillet que nous ayons connu, déplore, emmitouflé, un marchand de glaces.

- Mais au moins, le froid chasse les mouches ! se félicite la fermière chez qui nous achetons du lait. Le mauvais temps ? Ce ne sont pas les bêtes qui vont s'en plaindre !
Et, de son côté, Maman, faussement candide :
- *A toute chose malheur est bon*, tu vas pouvoir terminer ton cahier de vacances !

Par le funiculaire[1], vibrant, bringuebalant, menaçant à tout instant de cabrioler dans l'abîme, nous gagnons le plateau de Charlannes surplombant La Bourboule.
Têtu, opiniâtre, le soleil se cache sous la nue.
Le contrôleur prédit en regardant le ciel :
- Je parie que ce vaurien mettra plus de temps à quitter son nuage qu'un Auvergnat à sortir vingt sous de sa poche !
- Alors, nous ne sommes pas près de revoir le beau temps ! Ajoute mon père, en riant.
Je ris aussi, sans comprendre pourquoi.

Sorti des bois, le froid mord mes gambettes comme un loup affamé.
Sous le short, attribut immarcescible du promeneur, la bise fouette mes jambes nues.
La bruine glacée nous trempe jusqu'aux os.
Partout, l'ortie perfide menace les mollets.
L'aspic agile pointe son dard bifide sur nos talons d'Achille.
Dans le brouillard, l'Auvergne atteint des niveaux infinis de noirceur.

---

[1] Ce funiculaire, inauguré en 1902, fut mis hors service en 1958, peu de temps après notre séjour.

Les horizons se font et se défont.
Le ciel, la terre, et les eaux se confondent.
Le basalte, recuit dans les profondeurs des volcans, recouvre tout sous son ventre de plomb.
Les bâtiments de pierre noire ont des airs de Kaaba.
Puys, necks, dykes, sucs, plombs, trucs, crèvent le sol, ainsi que des furoncles…
- Surtout, n'oublie pas de bien respirer, dit Maman.

Un jour, à la sortie des thermes, mes parents m'attendaient, en compagnie de mon oncle Marcel.
- Tonton est venu nous chercher pour nous ramener à Bollène ! annonça joyeusement Maman.
Je n'en croyais pas mes oreilles !
Même les cures ont une fin ! me répétais-je sans y croire vraiment.
Depuis une semaine, j'avais commencé d'éprouver une sensation de langueur, d'ataraxie émotionnelle et d'ankylose cérébrale. Mes pas avaient acquis l'élasticité strictement nécessaire à mes triangulations quotidiennes : thermes de Choussy - Appartement - Parc Fenestre - Un, deux, trois ! Un, deux, trois ! Je plongeai sans résistance dans la torpidité.
- Très très bon signe ! Le traitement agit en profondeur ! avait déclaré le pédiatre, en se frottant les mains.

Cependant, un évènement, dérogeant brutalement à la monotonie ambiante, avait marqué la fin de mon séjour. Il s'était déroulé, un mardi, dans une rue du centre-ville, en face du marché, où nous allions, Maman et moi, faire des courses à la rôtisserie.
Ce jour-là, le propriétaire de la boutique, en proie à la plus grande agitation, brandissait sa grande fourchette, et

menaçait de trucider le boucher d'à-côté, tout en proférant des propos, plutôt crus, de ce genre :
- Tu vas la laisser, ma femme, dis, Maurice ! Cette fois, je vais te crever, gros salaud !
Les quelques promeneurs, témoins de cette altercation demeuraient immobiles, effarouchés de devoir assister au spectacle, assez rare dans une ville d'eau, d'embrochement - ou d'embrochage - d'un rival amoureux, quoique l'on dise l'Auvergnat comparable aux volcans qu'il habite : éteint à l'extérieur, mais bouillant au-dedans.
Sans montrer la moindre trace d'affolement, le boucher menacé avait invectivé son voisin en ces termes :
- Tu vas pas nous emmerder encore, dis, Léon[1] ?
Alors, d'une façon qu'on eût dit routinière, il avait administré sur le nez du porteur de fourchette, un seul et puissant coup de poing, sans plus d'émotion que s'il avait écarté une mouche d'un morceau de rosbif.
Apparemment sensible à l'argument "massue" qu'on venait d'objecter, le rôtisseur avait un moment chancelé, vacillé, grimacé, puis, était retourné à ses occupations :
- Et pour Madame ce sera ?
- Un poulet bien cuit, avait répondu Maman, en m'attirant contre elle.

- Mais à quoi rêves-tu, mon petit ? me demande Tonton, tu n'es pas prêt, encore ?
Prêt ? Mieux que cela, mon oncle : je suis parfaitement à point ! Je ressemble à un petit cochon tout rose, la peau nettoyée, râclée, frottée, récurée, pommadée. J'ai suffi-

---

[1] Les prénoms ont été changés par respect pour d'éventuels protagonistes, encore vivants, quoique centenaires.

samment macéré dans l'eau thermale pour que les bicarbonates, le zinc, la soude, le manganèse, et bien sûr l'Arsenic, botte secrète des thermes bourbouliens, aient pénétré mes chairs, et imbibé mon épiderme. Je suis à point !
Et plus encore : en prêtant la narine, on peut percevoir sur ma peau le parfum un peu doucereux de la myrrhe, qu'Isidore de Séville (570-636) attribuait aux anges du troisième cercle, dans son fameux ouvrage : *de ordine creaturarum*.

Après un déjeuner rapide, avalé dans un bistrot voisin, et, pour l'occasion, non précédé de sieste, nous chargeons les bagages dans la voiture de Tonton : une Peugeot 203 noire, massive, aux sièges durs comme des bancs d'église.
Mon oncle vient de Saint-Etienne, et va rejoindre ma tante et mes cousines à La Ciotat, où elles passent l'été. Il nous rendra l'immense service de nous déposer à Bollène, qui se trouve sur son chemin, nous épargnant l'interminable retour en train.

Estomac noué, nous dévalons, pied au plancher, les flancs embrumés du Forez. Tonton, par ailleurs courtois, pondéré, serviable, devient, sur la route, un *cinglé du volant*. Il a banni le mot freiner de son vocabulaire et prend l'asphalte pour sa propriété. Le dépasser est un affront. C'est le Fangio du macadam, le Ben-Hur du réseau routier !
A Vienne, comme sortis d'un toboggan, nous débaroulons à toute vitesse sur la Nationale Sept, glissante et surchargée.
Mon oncle ne connaît que deux vitesses : marche arrière, et surmultipliée !

On s'arrête à peine à Valence, pour faire le plein d'essence et soulager nos vessies malmenées.
De part et d'autre de la route, les coteaux abrupts de l'Ardèche et les falaises du Vercors nous regardent filer, cap au sud, sur les chapeaux de roues.
Montélimar, passé en trombe, sans un regard pour les nougats, nous fonçons droit vers la Provence.
La vallée s'en va s'élargissant, inondée de lumière.
A Donzère, nous bifurquons, dans un crissement de pneus, vers Lagarde-Adhémar et Saint-Paul-Trois-Châteaux.
De tous côtés, une clameur soudaine scie les tympans de mille crissements.
Bonjour cigalons et cigales !
Dans les grands pins, chantez toujours !
Voici le clocher de Saint-Pierre, le café du Barry, le long chemin de terre, qui serpente entre des haies de genêts d'Espagne, jusqu'à notre maison. Un puissant parfum de fleurs et d'herbes aromatiques parvient à mes narines : romarin, sarriette, origan et farigoulette...
- Ça sent bon, dis-je, benoitement.
- L'avez-vous entendu ? s'écrie Maman ! Il sent ! Il sent les herbes de Provence ! Son nez s'est débouché ! Je n'ose y croire, c'est un prodige !
- Mieux encore, ajoute mon père, c'est un miracle, le miracle de La Bourboule !

Pendant que les adultes mangent et discutent, je n'ai qu'une idée en tête : aller jouer sur la colline avec les spahis à cheval, que m'a offerts Tonton.

Nos lendemains seront vos souvenirs...

Les temps modernes

Mon père a trouvé un travail à l'usine hydroélectrique André Blondel de Bollène, comme gardien des berges du canal.
Il règne sur un immense domaine fait de canaux et de contre-canaux, de grèves et d'ajoncs, vastes espaces lacustres à la Henri Bosco.
Non seulement on lui a attribué une motocyclette, un énorme pardessus en cuir fauve, un casque, un pistolet (un vrai), mais aussi un logement de fonction à la Cité Saint Pierre !
Maman est aux anges !
Finie la vie à la campagne, finies les mouches, fini le cagadou !
Nous entrons de plain-pied dans la modernité ! Nous mordons à pleines dents dans la chair vive des Trente Glorieuses.

La cité Saint-Pierre, dont la construction avait été généreusement financée par les dollars du plan Marshall, comportait une quinzaine de pavillons compacts, extrêmement solides, faits du même béton armé utilisé pour bâtir le barrage, c'est-à-dire susceptible de résister aux plus violents séismes, ou à d'éventuels bombardements atomiques.
Chaque pavillon était entouré d'un jardin et délimité par des haies de troènes soigneusement taillées. Celui que nous occupions, bâti sur deux niveaux, comportait un salon, une cuisine, une salle à manger, trois chambres, un hall, et un vaste escalier propice à divers jeux. Il y avait

aussi une buanderie avec un bassin à lessive, idéal pour garder le poisson capturé par Papa, ainsi qu'une cave.
Autre touche de fantaisie : devant ma chambre, un érable à l'écorce caoutchouteuse laissait s'écouler, par les moindres blessures, un fluide sirupeux.
Je me rappelle encore que, sur ces frondaisons hémophiles, se posaient, du matin au soir, toutes sortes d'oiseaux : chardonnerets, fauvettes, pinsons, bouvreuils, verdiers, rouges-gorges, tourterelles, jusqu'à un rare canari, couleur citron, échappé un jour d'une cage, et récupéré par mes soins avec une épuisette, lequel, par la suite, devint, dans notre maison, le fondateur d'une très nombreuse lignée, piaillant et jacassant.

Sitôt la famille installée, toutes sortes d'accessoires destinés à faciliter la vie quotidienne, apparurent quasi spontanément :

Une cuisinière
Avec un four en verre
Des tas de couverts
Et des pelles à gâteaux
Une tourniquette
Pour faire la vinaigrette
Un bel aérateur
Pour bouffer les odeurs
Des draps qui chauffent
Un pistolet à gaufres...

(Boris Vian, *la complainte du progrès*)

Parmi toutes ces merveilles, je me rappelle une rutilante machine à tricoter, montée sur pieds, avec laquelle maman nous habilla, des années durant, de pull-overs multicolores qu'on eût dit fabriqués avec des scoubidous[1].

Sa majesté très cathodique

L'autre grande affaire de cette époque était l'arrivée de la télévision. Un mercredi, nous fûmes invités pour la soirée chez des voisins qui venaient d'acheter le précieux appareil.
Installée au fond de la salle à manger, se trouvait une dizaine de personnes, parmi lesquelles d'autres voisins et leurs enfants, les yeux tournés vers le petit écran.
Quoique éteint, le poste en imposait par son dessin de style futuriste, et son aplomb à occuper l'espace, bravement campé, au milieu de la pièce.
Avant même qu'elle ne fût en marche, son Altesse télégénique avait conquis les esprits et les cœurs !
Chacun avait vu des téléviseurs en ville, dans des magasins d'*électroménager,* mais jamais chez des particuliers.
A l'instar de l'ordinateur, des décennies plus tard, la "télé" en imposait par sa *technicité*, et, pour la même raison, inspirait une confiance limitée. A cette époque, les pannes étaient fréquentes.
Le silence se fit quand le propriétaire alluma l'appareil.
Une multitude de points lumineux envahit subitement l'écran et entama un ballet frénétique. On eût dit qu'il neigeait dans le téléviseur.
Comme l'hiver se prolongeait. L'inquiétude s'accrut.

---

[1] Courtes tresses décoratives, aux motifs variés, confectionnées avec les gaines plastifiées des fils électriques. Les scoubidous connurent, dans les années 60, un succès fulgurant.

- Ce sont des parasites, précisa Mr Chapuis, le maître des lieux, il y en a toujours avant le début des programmes.
Pour nous aider à patienter, Mme Chapuis nous proposa du Coca-Cola, une boisson gazeuse, que peu d'entre nous connaissaient.
- Au début, on lui trouve un goût de médicament, prévint-elle, mais on s'habitue vite.
Indiscutablement, le breuvage sentait la pharmacie, puis une effervescence tonique, assez originale, titillait les papilles et le fond de la gorge.
- Du Coca, dites-vous ?
- On a dû écraser des cachets d'aspirine dedans, commenta l'une de mes voisines, avec une grimace.
- Sans vouloir offenser quiconque, je préfère un bon verre de rouge, dit un autre invité.
- Tout à fait d'accord avec vous, approuva son voisin, ces goûts-là ne sont pas faits pour des palais français.
Mon père crut bon de préciser, tout en levant l'index :
- Savez-vous que les soldats américains en boivent, tout en grignotant des…
L'une des convives lui coupa la parole, en désignant l'écran :
- Oh, regardez l'image !
Les parasites avaient fait place à une espèce de calendrier tremblotant, barré des lettres RTF[1].
Était-ce la panne redoutée ?
- Non, c'est la mire, précisa Mr Chapuis. Elle sert à contrôler l'image.

---

[1] Radiodiffusion-Télévision Française (anciennement RDF), remplacée en 1964, par ORTF : Office de Radiodiffusion-Télévision Française.

Au même instant, une marche pompeuse et copieusement saturée, faisait tressaillir l'assistance :
Tam, Tam, Tatatam, Tam-tam, Tam, Tam !
Fort peu y reconnurent le *Te Deum en ré majeur, de Marc-Antoine Charpentier*, quand bien même, dans le futur, cet air fameux scanderait bien des instants de leur vie quotidienne.
Tam, Tam, Tatatam, Tam-tam, Tam, Tam !
Tam, Tam, Tam, Tam, Tam-tâm, Tam-TÂm !

Simultanément, sous nos yeux éblouis, une accorte speakerine, cheveux savamment ondulés et buste avantageux, annonça le programme.
Les actualités montrèrent des messieurs en chapeaux montant dans de grosses berlines, des dames élégantes, des sportifs ruisselants, le Prince de Galle, retour, ravi, d'une longue croisière, et de patibulaires Algériens en guenilles qui s'en prenaient injustement à nos parachutistes.
L'émission suivante se nommait la *Piste aux Étoiles*, un spectacle de cirque.
Ce soir-là fut pour moi un moment de bonheur et d'émerveillement ; j'étais littéralement transporté par tous les numéros qui se succédaient à un rythme endiablé.
Mais, celui que je préférai, et qui fit l'unanimité parmi les spectateurs, fut celui d'Achille Zavatta, clown fameux entre tous. Sa démarche, sa voix, était inimitable. Le numéro, autant qu'il m'en souvienne, était construit autour de chaises musicales, et d'un simple seau d'eau, qu'un malheureux comparse recevait invariablement sur la tête. Enfants et adultes riaient à gorges déployées. Quel talent ! Quelle connaissance de l'âme humaine ! Quelle générosité ! Achille Zavatta libérait instantanément le téléspectateur, lui faisant oublier les soucis et les peines ; j'étais plein d'amour pour cet homme qui consacrait sa vie à ré-

pandre la joie. Pourquoi ne choisissions-nous pas un tel personnage pour conduire les destinées du monde ? Les clowns, à la différence du père Noël, dont j'avais appris l'inexistence avec une intense désillusion quelques années plus tôt, n'étaient pas, eux, des êtres de fiction[1].

Le retour des parasites mit fin à la magie de la *Piste aux Etoiles*. Nous prîmes congé de nos hôtes :
- Au revoir ! Quelle merveilleuse soirée ! Merci infiniment pour votre invitation.
- Avec grand plaisir, nous espérons que cela vous a plu.
- Absolument ! Ce fut une pour nous une vraie découverte. Ah oui, j'aurais voulu vous demander, combien vous a coûté votre téléviseur…
Dehors, il faisait nuit. Nous retrouvâmes à regret les allées rectilignes de la cité Saint-Pierre, profusément illuminées par les soins d'EDF.
Dans les semaines qui suivirent, nous possédions tous un téléviseur.
L'une de nos voisines l'avait revêtu d'une housse brodée. Beaucoup le sommait d'un petit napperon.
Un jour, le bruit courut que les rayons, émanant de l'écran, étaient de nature à abîmer les yeux. Maman courut acheter des lunettes teintées, que nous chaussâmes pendant un certain temps, avant de trouver leur usage aussi encombrant qu'inutile.

---

[1] Malheureusement pour l'Humanité, et contrairement à Coluche, autre clown de génie, Achille Zavatta ne songea jamais à se lancer en politique. Malade et accablé de dettes, il mit fin à ses jours, à 78 ans, d'un coup de fusil - non factice - après une vie tout entière consacrée à son art.

OTAN en apporte le vent

La modernisation, je devrais plutôt dire l'américanisation, de la société se poursuivait à vitesse grand A.
Les *juke-box* diffusaient du *rock* à longueur de journée, à moins que ce ne fût du *twist* ou du *match-potatoes*. Nous mangions du *steak*, des pop-corn, des *corn-flakes*, des *ice-cream*, des *hot-dogs* ; on pratiquait le *hula hoop,* en *jeans*, en mâchant des *chewing-gums*. On allait au cinéma voir les derniers *westerns. Le colt* à la ceinture, on jouait aux *cowboys.* On avait rendez-vous au *dancing* pour *flirter*. On ne disait plus "Oui", mais "*Ok*", en faisant bien sonner l'occlusive : "*Okkkey*" !
Les voitures françaises avaient des airs d'américaines, rétrécies.
Mon oncle Marcel possédait une Peugeot 203 noire qui ressemblait à s'y méprendre à une Chrysler d'après-guerre, en modèle réduit. Entre autres gadgets, j'étais fasciné par ses clignotants rétractiles, ou flèches de direction, qui se dressaient sur les côtés de la carrosserie, tels de gros doigts tendus.
Plus modestement, nous avions acquis une Renault Quatre-Chevaux (4CV), qui ressemblait, en plus petit, à la voiture de mon oncle. Sa couleur verte, ses formes arrondies, la faisait ressembler à une grenouille reinette.
Nous l'avions baptisée *Titine*.
Mes parents, qui avaient attrapé la bougeotte, l'utilisaient pour sillonner la France. Je me demande encore comment nous avons pu effectuer des trajets aussi longs avec une si petite voiture.

Échappée charentaise

L'un de ces multiples voyages, assez rocambolesque, nous conduisit jusqu'en Gironde, dans l'un des nombreux *villages de vacances*, financés par la CCAS, caisse sociale d'EDF, dont mon père était, depuis peu, devenu allocataire.
Si, comme nous l'avons dit, les habitants de la Cité Saint-Pierre ne rechignaient pas à adopter l'*American Way of Life*, il n'en goûtaient pas moins les valeurs fraternelles, participatives, et sécurisantes du *socialisme à la française*.
EDF, leur employeur, avait été nationalisé au sortir de la guerre, sous l'influence du CNR[1], et s'était fait allouer un budget conséquent pour ses œuvres sociales.
Très majoritairement cégétistes, et pour beaucoup communistes, les ouvriers de la Cité lorgnaient avec complaisance au-delà du *rideau de fer*, où des visites étaient organisées par le comité d'entreprise : Allemagne de l'Est, Pologne, URSSS, Tchécoslovaquie, Hongrie...
Des idéologues chatouilleux eussent vu là de dangereuses contorsions doctrinales. Les intéressés, eux, n'en avaient cure, et gardaient la conscience tranquille.

Titine s'agrippait comme un pou à la route et, crânement, filait son train. Sa carrosserie, de tôle épaisse, était sensible aux variations de la température. En hiver, elle devenait un vrai congélateur, en été, une rôtissoire.
Lorsque l'aiguille du compteur approchait, en tremblant, les 100 km/h, l'habitacle se mettait à vibrer et à sentir l'essence.

---

[1] *Le* CNR, Comité National de la Résistance, fortement marqué à gauche, fut à l'origine de nombreuses nationalisations d'après-guerre. On ne le confondra pas avec *la* CNR, Compagnie Nationale du Rhône, filiale d'EDF, où travaillait mon père.

Nous l'encouragions dans les côtes.
- Allez Titine ! Allez !

La route est longue jusqu'à Meschers-en-Gironde (Prononcer "Méché")
Ivres de kilomètres, agités de menus spasmes parkinsoniens, nous atteignons notre destination, à l'embouchure de l'estuaire, un pays de falaises percé de troglodytes. Au sud de la commune, le *village de toile* se présente comme un vaste *camp* militaire, avec ses tentes impeccablement alignées.
- On dirait une colonie de vacances, dit Maman.
- Tous au garde-à-vous ! lance, en riant, mon père.
On est bien loin, de la "*perle de l'Estuaire, harmonieusement lovée dans la conche du Saintongeais*" promise aux vacanciers.

Le *pavillon* qu'on nous alloue se trouve en bout de camp, près d'un petit étang.
- Alors c'est vous, *Donzère-Mondragon* ? demande l'homme qui nous reçoit, un beau sexagénaire à moustaches, short, et manches retroussées. *Donzère-Mondragon* ! Belle ouvrage ! vous n'êtes pas nombreux à venir par ici. Habituellement, j'ai des *Serre-Ponçon*, des *Génissiat*, des *Roselend*... Du beau monde, du solide, de l'EDF pur jus ! Ah ! Ah ! Bienvenue dans notre véritable *cité de toile*, l'une des pionnières de la CCAS, et la dernière en activité dans l'ouest de la France. Ici, tout est d'époque ! Même la direction ! Je m'appelle Ferdinand Latourbe, dit la Turbine. N'hésitez pas à faire appel à moi pour vous mettre au courant, Ah ! Ah ! ou à n'importe quel camara... je voulais dire résidents, qui pourrait éclairer vos lanternes, Ah ! Ah ! Ah ! Ici, on aime plaisanter !

Notre *pavillon de toile*, vaste, oblong, kaki, comprend une pièce commune faisant office de salon et de salle à manger, avec, au fond, des chambres que délimitent des tentures. Il y a, sous un auvent, un réchaud à gaz, de la vaisselle, des ustensiles de cuisine, des chaises longues.
On nous explique que *les sanitaires* occupent un bloc *en dur*, plus loin, près du terrain de boules, au centre du village…
L'intérieur de la tente est vaste sombre, et sent le renfermé.
- Ouvrons tout, et allons-nous baigner, dit Maman.
La plage se trouve à quelques hectomètres, en contrebas d'un faible escarpement. C'est une anse harmonieusement dessinée, limitée par deux avancées de rochers.
- C'est drôle, on dirait qu'elle a la petite vérole, déclare abruptement mon père.
On s'interroge :
- Mais de quoi parles-tu, demande Maman, vaguement offusquée.
- De la plage ! réplique Papa en riant, regardez !
En effet, toute la grève est constellée de mottes blanchâtres, pareilles à d'énormes pustules.
En approchant, nous découvrons d'innombrables cadavres de méduses, de la taille de saladiers, parvenues à différents degrés de décomposition. Les plus "avancées" attirent des essaims de petits moucherons.
- Elles sont arrivées avant-hier sur la côte, commente un monsieur qui fouille le sable avec une petite pelle, à la recherche de coquillages.
- Et vous pensez qu'elles vont y rester longtemps ? demande Maman, avec un peu inquiétude.
- Une petite huitaine, madame, répond, avec assurance, le *pêcheur à pied*, jusqu'aux grandes marées.
Il ramasse une coque, et ajoute :

- De toute façon, vous pouvez vous baigner, elles ne piquent pas !
Surmontant notre répugnance, nous tentons une timide immersion dans l'eau grise, mais la présence d'autres carcasses gélatineuses charriées par le ressac, nous gâchent le plaisir, d'autant que l'eau est fraîche et qu'un petit vent s'est levé.
- Et si l'on rentrait, dit Papa, il commence à faire frisquet !
Personne n'insiste pour prolonger le bain.
Fatigués, nous dînons sobrement, et allons nous coucher.
Je tombe de sommeil.

- J'ai demandé que le responsable passe nous voir dans la matinée, déclare mon Père, d'une grosse voix.
- Tu as bien fait ! Je l'ai su dès que j'ai vu les rideaux, répond Maman.
- Et moi, la mare, ajoute Papa.
- Heureusement que le Petit a bien dormi...
Les voix de mes parents, en grande discussion, me réveillent. Il fait grand jour.
- Crois-moi, ils ne perdent rien pour attendre ! dit encore Papa.
Inquiet, je saute du lit, et sors en courant de ma chambre.
Mais que se passe-t-il ?
Vision d'horreur ! Maman a le visage cramoisi, les yeux gonflés, les lèvres exsangues, elle respire avec difficulté.
Maman ! Maman !
On dirait qu'elle a la myxomatose !
Du doigt, elle désigne la chambre :
- Les tentures ! Le matelas ! Tout ! Tout ! Tout est rempli de moisissure !
- Ta mère fait une crise d'allergie, explique Papa, à cause de l'humidité de la tente.

- Et ton père n'a pas dormi, parce que les grenouilles de la mare ont coassé toute la nuit, ajoute Maman, un vrai Sabbat !

Le responsable, alias la Turbine, fait son apparition, accompagné d'un petit homme en combinaison de travail, portant seau et balai :
- Nous voilà ! Ah ! Ah ! Rapides comme l'éclair ! galège le Responsable. Bonjour Monsieur, Bonjour Madame…
Son expression change soudainement :
- Oh mon Dieu, que vous est-il arrivé ? C'est épouvantable ! Ces rougeurs ! Ces éruptions ! Ce doit être affreusement désagréables ! Croyez bien que… Je vais tout de suite appeler un docteur.
- Ce ne sera pas nécessaire, rétorque Maman avec agacement, il suffirait que nous changions d'emplacement. Tout ici – elle montre la tente - est saturé de moisissure.
L'homme se gratte le menton :
- J'aimerais tellement vous rendre service, mais nous sommes complets, voyez-vous, il n'y a plus la moindre place… On a dû refuser du monde…
Maman soupire :
- On aurait pu, au moins, aérer la tente ; les chambres sont irrespirables !
La Turbine se tourne vers son acolyte au balai, en fronçant les sourcils :
- Le pavillon n'a pas été nettoyé cette semaine, Joule ?
- C'est que… C'est que … L'interpellé hésite : - Nous l'avions condamné, à cause des grenouilles…
A ces mots, le sang paternel ne fait qu'un tour :
- Ah, tiens ! Parlons-en des grenouilles ! Permettez-moi de vous informer qu'elles sont drôlement en forme, vos grenouilles ! Ah, ça y va ! ça y va ! Toute la nuit, vous pou-

vez me croire ! *Croâak, Croâak*, Je n'ai pas fermé l'œil ! Mais, avec elles, je vois bien, vous êtes aux petits soins !
Le responsable se défend comme il peut :
- L'incident est tout à fait regrettable, Monsieur, mais, voyez-vous, en cette période, propice à la reproduction, nos batraciens, d'une espèce assez rare en Charente, ont besoin d'une attention toute particulière...
- Contrairement à nous, pauvres humains, qui sommes d'une engeance tout à fait négligeable ! C'est bien cela que vous insinuez, Monsieur le Responsable ?
Papa a la réplique impétueuse, le verbe haut, le ton martial.
- Oh... Pas le moins du monde, rétorque la Bobine ; nous allons, de ce pas, nous occuper de vous. Jules, ici présent, que tout le monde, au camp, appelle Joule[1], Ah ! Ah ! on aime plaisanter ! va nettoyer entièrement la tente, pendant vous pourriez aller vous baigner, par exemple. Nous avons de magnifiques plages, à deux pas du Village...
- Les plages ? Ah non, merci ! s'exclame Maman. Je n'ai pas la moindre envie d'aller barboter au milieu des méduses !
La Turbine ne s'avoue pas vaincu :
- Et notre belle *salle d'activité*, l'avez-vous visitée ? Il y a une exposition remarquable de galets peints par les enfants du camp. Le nettoyage du pavillon ne sera pas très long...
- Et vos petites protégées, les grenouilles, gronde Papa, vous comptez les éloigner comment ? A la dynamite, ou en faisant venir une pinasse de l'Estuaire ? Ah ! Ah ! Ah ! moi aussi, j'aime bien plaisanter !

---

[1] Du nom de James Prescott Joule, physicien anglais qui donna son nom à une unité d'énergie : le Joule (J), équivalent à 0,0002778 Wh.

La Turbine et son acolyte jettent sur l'auteur de mes jours un regard circonspect.
- Il y a bien le pavillon d'honneur, souffle Joule…
- Tu n'y penses pas ! rétorque son collègue, nous devons recevoir des *Yainville*, des *Boisse-Penchot* et des *Gennevilliers*, pour le jumelage avec les agents du CPAS[1]…
- Cette fois, je comprends, éructe mon père, les *Yainville*, les *Boisse-Penchot* et les *Gennevilliers* passent allègrement devant les méprisables *Donzère-Mondragon* ! Vous a-t-on dit que nous possédions la plus haute écluse d'Europe ? Que notre production hydroélectrique avoisine les 350 MW ? Trop peu pour vous, je suppose ! je suis au grand regret de constater, Messieurs, qu'il se pratique, dans ce village, des passe-droits et du favoritisme !
Touché dans son intégrité, la Turbine s'échauffe, proche du court-circuit :
- Non, Monsieur, il n'y a chez nous aucun favoritisme, mais des règles de savoir-vivre, que, visiblement, vous semblez ignorer. D'ailleurs ce n'est pas étonnant. Vous êtes nouveau chez nous, n'est-ce pas ?
Papa vacille :
- Je ne……
- Ne niez pas, c'est dans votre dossier.
- Ainsi, nous y voilà ! lâche mon père, les mâchoires serrées, tout devient clair pour moi !
Il hausse le col, bombe le torse, ajuste ses manches :
- Avez-vous découvert, dans ce même dossier, que j'ai défendu la Patrie pendant la campagne de France, ainsi qu'au Maghreb, en Afrique Orientale, et dans le delta du Mékong, où l'on m'avait baptisé Trâu trên không, *Buffle Bondissant*, en dialecte local ? Non, sans doute. Ces

---

[1] CPAS : Centre Public d'Action Sociale de Belgique.

choses vous échappent. Allez ! Persistez tout à votre aise, Messieurs, dans vos mesquineries ; je vous abandonne à vos grenouilles, vos méduses, et vos moisissures !
Ceci dit, il tourne les talons et entre en trombe dans la tente :
- Préparez-vous, dit-il, nous levons le camp, tout de suite !

Titine harnachée, nous filons, plus au nord, vers Fouras-les-bains (Prononcer "Foura"), une petite station balnéaire, près de La Rochelle, dans les Charentes-Maritimes. Mon père y a séjourné un peu avant la guerre, et trouvé le coin plutôt sympathique.

Le Fouras de mon enfance est une cité aux ciels lumineux et mouillés, qui s'étale paresseusement dans un paysage de marais et d'îlots, de phares et de parcs à huîtres, auxquels s'ajoutent, le long des côtes, quelques plages bien exposées.
Nous trouvons facilement à nous loger dans un modeste appartement, près du port de plaisance.
J'aime les bateaux alignés sur une eau qui scintille, l'odeur marine, les petits poissons près des quais.
Le centre de la ville est *vieillot*, mais coquet.
La population, nonchalante, court les boutiques de souvenirs et les pâtisseries.

Sans attendre, nous allons nous baigner. La grande plage se trouve au pied d'un château fort, surmonté d'un robuste donjon. On voit, ici ou là, des cabines de bain.
Quel bonheur d'entrer sans retenue dans l'eau ! On m'a acheté un masque de plongée et un tube. A moi les fonds marins ! A moi les vraies vacances ! Mais, sous l'eau, tout est trouble ; et j'ai l'impression que le sol se dilue sous mes pas et m'aspire ! Je m'enfonce jusqu'aux genoux dans

une matière noire et spongieuse. C'est de la vase ! une vase d'une variété particulièrement adhésive et huileuse. Jusqu'où va-t-elle m'entraîner ? Dans une bande dessinée, j'ai vu un trappeur s'enliser dans des sables mouvants. Papa ! Maman ! venez vite !
Mon père me rassure. A Fouras, le fond de l'océan est tapissé d'un limon bienfaiteur, qui constitue la richesse cachée de la ville.
Autour de nous, la mine réjouie des baigneurs nous fait comprendre quelle chance est la nôtre de profiter gracieusement de cette manne fangeuse, par ailleurs badigeonnée à prix d'or dans d'autres stations thermales.
- Ici, la thalassothérapie, c'est gratuit ! confie à Maman une quadragénaire toute luisante du généreux onguent.
La vase est si abondante que certains touristes s'en recouvrent le corps jusqu'à devenir comparables aux statues exhumées sur des chantiers de fouilles. La plage acquiert des aspects pompéiens.
Je dois finalement le reconnaître : se vautrer dans la gadoue possède des atouts. Outre la sensation puissante de transgression scatologique, cela fait fuir radicalement les méduses !
Seule ombre au tableau, le rinçage est pénible ! Impossible d'échapper aux douches minutieuses, à la transformation des serviettes de bain en tissu abrasif. Notre épiderme s'amenuise comme peau de chagrin.

D'un commun accord, nous délaissons les immersions fangeuses pour des balades à pied, ou des parties de pêche.
La *Pointe de la Fumée* est à l'extrémité d'une langue de terre, qui se prolonge, à l'est, par des îlot surmontés de fortifications. Parmi elles, le Fort Boyard qu'on ne présente plus.

A marée descendante, nous nous garons le long des côtes et arpentons les étendues rocheuses, épuisettes en main, fouettés par les embruns.
Nous fouillons les trous d'eau laissés par le reflux, les rochers, les amas d'algues de l'estran. Maman, qui se lasse vite de ces activités, reste dans la voiture, où, moderne Pénélope, elle parachève un vaste canevas qui figure une harde de cerfs bramant, sur fond d'alpages suisses.
Qu'il me soit pardonné mon impiété filiale : le canevas, blason de l'abnégation maternelle, mais manifestement trop helvétique, et d'un absolu mauvais goût, n'a pas survécu à mes défunts parents.
La pêche à pied nous passionne, papa et moi. C'est incroyable ce que l'on ramasse sur les rivages de l'océan : crevettes grises, bouquets, étrilles, crabes dormeurs, jeunes mulets, bigorneaux, moules, coques, palourdes... Sur les rochers s'agrippent des myriades d'huîtres que nous détachons au burin et marteau. Il m'est arrivé de dire au cours de ma vie, sans être jamais cru, que nous avions ramassé et mangé, le même jour, une douzaine de douzaines d'huîtres. Je l'atteste aujourd'hui, c'est l'exacte vérité, nous avons mangé une douzaine de douzaines de (très petites) huîtres !
Les vacances charentaises, mal commencées, sont parmi celles qui m'ont laissé les meilleurs souvenirs.

Apéro chez Neptune, ou l'ivresse des profondeurs

A la Cité Saint-Pierre, mes parents se firent des amis. Maman put mener enfin une vie sociale qui la tira de sa mélancolie. Entre voisins nous nous rendions visite.
Parmi nos relations, les Bonneton, un couple, qui avait deux garçons de mon âge, étaient haut en couleurs.

Mme Bonneton, une petite femme frétillante, se remarquait de loin avec ses talons hauts et sa choucroute blonde, à la manière de Brigitte Bardot, qui la rehaussaient de deux bons décimètres.

Son mari, Mr Bonneton quadragénaire corpulent, sportif, à la démarche souple de batracien, partageait avec mon père le goût de la chasse, de la pêche, et de la bonne chère. C'était un ancien nageur de combat de la Marine Nationale qui avait, comme Papa, beaucoup roulé sa bosse. La connaissance des choses militaires, de leurs grandeurs et de leurs turpitudes, créait, entre eux, une connivence qui s'exprimait bien au-delà des mots.

Lorsqu'on pénétrait dans la maison des Bonneton, l'on était accueilli, dès le hall, par un scaphandre lourd, dressé en pied, au casque rutilant.

M'imaginer vêtu de cette armure sous-marine au milieu des torpilles ou des pieuvres géantes me remplissait d'effroi.

Chez les Bonnetons, les emprunts au milieu marin étaient omniprésents ; ainsi des murs revêtus de filets de pêche sur lesquels on avait suspendu des étoiles de mer, des coquillages, des hippocampes et des algues séchées. Dans la salle à manger, un grand aquarium contenaient des poissons exotiques, des tessons d'amphores, et différents coraux.

Une autre passion, moins maritime, de Mr Bonneton, devenu soudeur-scaphandrier à l'usine André Blondel, était le fer forgé, torsadé, très en vogue à l'époque. Il en avait usé à profusion pour fabriquer son mobilier : tables, chaises, commodes, canapés, que sa femme agrémentait de coussins, plaids, napperons en macramé, ou en patchwork multicolore.

Un bar monumental, en forme de paillote, occupait la moitié du salon.

On y sirotait des cocktails, ou des jus de fruits exotiques, aux noms évocateurs : *Blue Lagoon, Commandant Cousteau, Capitaine Némo, Calypso, Moby Dick...* que l'on finissait toujours par confondre.
L'électrophone diffusait en sourdine des chansons à la mode :

Sur la plage abandonnée,
Coquillages et crustacés,
Qui l'eût cru !
Déplorent la perte de l'été
Qui depuis s'en est allé...

(Brigitte Bardot - La Madrague - 1963)

Les **Bonneton** étaient d'une gentillesse exquise, accueillants, généreux, vaguement débauchés, heureux de vivre, beaucoup plus libres que la plupart de leurs contemporains.
Je sortais de chez eux, étourdi par mon séjour subaquatique, et par quelques cocktails douteux, me plaisant à imaginer que le sol devenait élastique, et que des bulles sortaient de mes narines.

Mordu par un castor !

Parmi les évènements domestiques qui marquèrent la toute fin des années cinquante, il m'en revient un assez particulier :
Ce jour-là, mon père rentra à la maison, couvert de boue, et le poignet enveloppé dans un gros pansement.
- Oh, mon Dieu, qu'est-ce qu'il t'est arrivé ? s'écria Maman, affolée.

- J'ai été mordu par un castor, répondit mon père, désignant crânement sa blessure, on m'a fait quelques points de suture.
- Mordu par un castor ! Un castor ! reprit ma mère, les yeux au ciel, ça alors ! ce n'est pas commun ! Ça ne risque pas de s'infecter, au moins ? Mais comment t'es-tu débrouillé pour te faire mordre, par un castor ?
Me prenant à témoin :
- Ah, c'est bien de lui, ça, se faire mordre par un castor !
Papa nous expliqua qu'en parcourant les berges du canal, il avait vu un animal, d'abord pris pour un chien, coincé dans une buse d'écoulement, la tête la première. Il l'avait à grand peine extirpé de son trou, le tirant par la queue, qui, par sa forme plate, très caractéristique, lui avait permis de l'identifier avec certitude : un castor !
Mais, alors que pendant toute l'opération, le rongeur avait paru coopérer avec son sauveteur, celui-ci, se retournant, au tout dernier moment, l'avait mordu, de ses dents acérées, destinées à couper les troncs d'arbres, et lui avait profondément entaillé l'intérieur du poignet.
Il s'en était fallu d'un rien pour que l'artère fût tranchée, et Papa vidé de son sang.
Ingrats remerciements ! Odieux baiser d'un Juda à queue plate !
- Finalement vous vous en sortez bien, avait dit le docteur tout en téléphonant à l'institut Pasteur.
Nul ne savait précisément si le castor véhiculait, ou non la rage, ou d'autres maladies ; le nombre de personnes mordues par l'animal étant extraordinairement faible, et même nul, au niveau national - exception faite, peut-être, de Jean-Paul Sartre dans ses rapports intimes avec Simone de Beauvoir... Mais c'est une autre histoire.
On vaccina, quand même, par pure précaution.

L'épisode, ébruité, valut à mon père une certaine notoriété à la Cité Saint-Pierre, et un entrefilet dans la presse locale. Pendant les années qui suivirent, il arrivait que l'ex-mordu arborât un peu théâtralement sa blessure au poignet : une cicatrice si fine qu'elle semblait avoir été dessinée par le fil d'un rasoir :
- Voyez-vous cela ? Eh bien, c'est un castor qui m'a mordu, commentait mon père, non sans fierté.
L'information faisait toujours son petit effet dans la conversation, dont elle constituait un original ornement, une fioriture oratoire, une coquetterie narrative qui s'est transmise, jusqu'à ce jour, dans la famille ; lorsque je cherche à impressionner l'auditoire, ou à briller en société, je lance :
- Au fait, savez-vous que mon père s'est fait mordre par un castor ?

Une soudaine disparition

Un autre jour, ce devait être un samedi matin, à la cité Saint-Pierre, j'entends des rires dans la cour. Par la fenêtre de ma chambre, j'aperçois mes parents qui discutent avec un homme vêtu d'un complet bleu.
Une voiture bicolore est garée à côté de notre 4CV.
- Viens donc ici, lance mon père en me voyant. On va te montrer quelque chose !
En deux secondes, je suis en bas.
- Regarde ! Nous avons une nouvelle voiture !
Je n'en crois pas mes yeux !
La belle automobile est une Simca Aronde P.60, blanche, au toit rouge. Ses gros phares, bien ronds, et sa large calandre chromée lui donnent un air de bête féroce. L'intérieur est spacieux et dégage une odeur capiteuse de matière plastique. Détail de première importance : le compteur affiche les 160 km/heure !

- Seulement en descente, et avec le mistral dans le dos, commente en riant le vendeur. Voici la carte grise et un trousseau de clés, toutes mes félicitations.
Je ne cesse de caresser les sièges, le volant, le levier de vitesse ! Vroum ! Vroum ! Je suis aux anges. Quelle merveille !
Par la fenêtre, je vois l'homme vêtu de bleu entrer dans la 4CV, s'installer et mettre le contact ! Je sursaute. J'ai envie de crier :
- Vous vous êtes trompé...
Et puis, en un éclair, m'apparaît la triste réalité : Titine, ma chère titine, échangée, vendue, trahie, a franchi le portail, et file vers un nouveau destin ! Je sens une grosse boule se former au fond de ma gorge et ne peux retenir mes larmes.
Maman a les yeux mouillés, elle aussi.
- Allez, en voiture, nous allons faire un tour, dit, tout joyeux, mon père.

Je cherche après Titine,
Titine, oh Titine
Je cherche après Titine
Et ne la trouve pas !"

Mistinguett – 1917 - paroles par Bertal-Maubon et Henri Lemonnier, musique de Léo Daniderff.

Sixties et Compagnie

Bientôt les routes furent pleines de P60, blanches à toits rouges, que nous comptions par jeu. Les 4CV étaient devenues minuscules.

Au début de l'an 1961, alors qu'il inscrivait la date au tableau, notre instituteur nous fit remarquer que le nouveau millésime pouvait se lire, à l'endroit, comme à l'envers, en une forme de palindrome acrobatique, ce qui me marqua fortement. J'en déduisis que nous allions vivre une décennie palpitante.

Jouxtant notre Cité, le gigantesque chantier de *l'Autoroute du Soleil* allait reléguer l'iconique *Nationale 7* au rang de route secondaire, et nous priver de nos terrains de jeu.
La fin du siècle serait automobile… ou ne serait pas !

L'inattendue et quasi miraculeuse création du Nouveau Franc, multipliant par cent la valeur de la monnaie en cours, qui, dès lors, devint l'Ancien Franc, contraignit le peuple français à une gymnastique cérébrale sans précédent, à laquelle certains ne se firent jamais ; mon père, entre autres, qui, pour les petites sommes, persistait à calculer en sous[1] !

Un cousin, appelé du contingent, se fit tuer en Algérie, juste avant la fin des *hostilités*, d'une balle perdue, expression passe-partout qui permettait d'éviter certains détails trop crus. Nous rendîmes visite aux parents, qui occupaient une jolie maison dans un village du Vaucluse.
Le jardin était rempli de fleurs, et les mots inutiles.
C'était leur fils unique.
Nous repartîmes les bras chargés de toutes sortes de plants et de boutures.

---

[1] Pour le peu que je sache, il fallait 20 sous pour faire un franc (ancien).

De son Spoutnik, le cosmonaute soviétique, Youri Gagarine, premier humain lancé dans l'espace, tirait une langue, de dix verstes de long, à tous les capitalistes !

L'ORTF, remplaçant la RTF, accouchait d'une seconde chaîne, en tous points semblable à la première.
Sur laquelle de ces chaînes jumelles, vis-je, un jour, les Beatles, pour la première fois ? Je ne m'en souviens plus. Les quatre garçons, chevelus et d'aspect timides, semblaient plantés sur scène dans leurs costumes noirs ; mais, dès les premiers accords de guitare, l'impression que j'allais vivre une décennie palpitante se confirma définitivement. L'irrésistible bouleversement des valeurs venu d'outre-Manche, le foisonnement culturel auquel il ouvrait la voie, les perspectives insoupçonnées s'offrant à la jeunesse, mirent un terme à nos "années américaines", et marquèrent la fin de mon enfance.

Et les loulous roulaient
Et les cailloux chantaient
Un truc qui me colle encore
Au cœur et au corps
I can't get know satisfaction !
I can't get know satisfaction!

(Alain Souchon / Laurent Voulzy)

* * *

*Que le pied du Seigneur
Me donne un coup de main !*

La chute du Grand T.

Quand nous quittâmes la ferme familiale, à Bollène, pour aller habiter à la Cité Saint-Pierre, j'y rencontrai une bande de gamins de mon âge dont l'activité cardinale se déroulait autour d'un ballon rond.
Je n'avais pratiquement jamais joué au foot, et montrais en la circonstance une maladresse peu commune.
Par nécessité de voisinage, je n'ose dire par charité, le groupe avait fini par m'accepter, mais de mauvaise grâce.
Quand il s'agissait de *tirer les équipes*, j'étais toujours le dernier appelé ; et lorsque, après le goûter, je me dirigeais vers le "stade", je pouvais lire sur les visages de la contrariété. En particulier sur celui du jeune G., frère cadet d'un camarade de mon âge, qui s'écriait systématiquement, du plus loin qu'il m'apercevait :
- Ah non, pas lui ! S'il rentre, je ne joue plus !
Menace vaine, jamais mise à exécution, mais pimentée de toutes sortes d'amabilités prononcées, mezzo voce, à la cantonade, telle celle-ci, qui, malgré les années écoulées me procure encore un douloureux pincement d'amour propre : *espèce* de *pieds palmés* !
A sa décharge, G. junior était, quoique très jeune et d'humeur exécrable, un joueur de talent, fin technicien, amateur de beau jeu, qui devint, par la suite, titulaire au FC Bollénois.
Mon antithèse en quelque sorte.

Nous jouions sur un petit terrain, de la taille de deux courts de tennis, entouré de cyprès qui avaient l'amabilité d'arrêter les ballons, de leurs corps hauts et sveltes.

Le sol, irrégulier, caillouteux, revêtu, par plaques, de gravette[1], n'avait jamais vu l'ombre d'un jardinier. On était loin du velours olympiens mais, lorsque nous rations nos actions, le mauvais état du terrain alimentait les faux-prétextes :

Oh couillong !
Y'aurait pas eu ce faux-rebong,
Je la mettais au fong !

Mon jeu, je l'ai dit, était rudimentaire.
J'officiais vaguement sur une aile, en tant que *latéral*, quoique ce terme n'existât pas, à l'époque, dans le jargon footballistique[2]. Je remontai la balle le long des touches, à grandes enjambées, tête baissée, labourant tout sur mon passage, si bien que, déséquilibré au moment de frapper, je propulsais des boulets de canon, bien au-dessus des cages adverses et des haies de cyprès bienveillants, vers les cieux éternellement bleus de Provence, au grand dam du reste de l'équipe.

Un jour, je ne sais pour quelle raison, le Grand T, un voisin qui allait au lycée, vint jouer avec nous. C'était un garçon de trois ans mon aîné, grand, roux, *libéro, tacleur*

---

[1] Gravette (rég), ou gravillon, gravier fin, glissant, perfide….

[2] On parlait alors d'*arrière* (droit, gauche, central), puis apparut le terme d'*arrière latéral*, qui devint à son tour, par substantivation : *le latéral, droit, gauche, etc... Par ex : le latéral gauche a complètement enrhumé la défense adverse.* A noter que dans le football moderne les latéraux officient souvent en position d'*ailiers*. D'une certaine façon, je devais être un joueur d'avant-garde.

chevronné d'une équipe junior, supporter du Bayern de Munich.
Il jouait contre moi.
Dès qu'il me vit, ballon au pieds, il se rua sur mes tibias, et pilonna mes cuisses de coups de genoux, extrêmement violents, familièrement désignés sous le nom de *béquilles*.
Surpris d'une telle brutalité, que j'attribuai aux usages virils d'équipes plus matures, je restai un moment dans mon coin, me frictionnant les muscles.
Autour de moi, je remarquai avec surprise les mines amusées de plusieurs camarades, qui affichaient les signes de la jubilation. J'eus alors la révélation que l'on m'avait désigné pour devenir l'objet d'un odieux *bizutage* !
Pendant un moment, je m'efforçai de rester loin du jeu, courant ici ou là, faisant bonne figure pour ne pas avoir l'air de *jouer les chochottes*.
Je vis alors Junior me *glisser le ballon* avec un rictus sardonique.
Aussitôt, tel un taureau mû par un chiffon rouge, le Grand Truc fut à nouveau sur moi. Je pouvais sentir son souffle sur ma nuque, et ses genoux se rapprocher de mes ischio-jambiers !
Animé d'un élan viscéral, je propulsai la balle devant moi d'un phénoménal coup de pied, que les amateurs éclairés nommèrent, par la suite, *tir brossé de l'extérieur du pied*. Le cuir vola, tournoya, et, tel un missile à tête chercheuse, trouva *imparablement la lucarne* !
Mon fougueux adversaire, déconcerté, glissa sur la gravette, et s'affala, dans un nuage de poussière, sur des cailloux pointus.
Ses plaies n'étaient pas belles. Il souffrait.
On l'accompagna jusqu'à la pharmacie pour se faire recoudre.
J'étais ravi.

Galerie de portraits flous

On dit quelquefois qu'il y a un Dieu du Football.
C'est vrai !
Je l'ai rencontré. Il existe !

*

Les souvenirs ne sont beaux que s'ils prennent de l'âge.

Un poison nommé Camomille - 1960

Une fois par mois, nous allons manger chez nos cousins Chènevisse, à Bollène. Ils ont une grande maison à l'entrée de la ville, précédée de divers ateliers, où l'on confectionne des briques réfractaires, spécialité locale qui s'exporte partout dans le monde.
J'aime toucher les blocs de terre encore crue dans lesquels mes empreintes s'impriment pour la postérité.
Je rêve qu'un jour lointain l'une d'entre elles sera visible sur un manteau de cheminées, quelque part, en Australie ou bien en Amérique. Alors peut-être un enfant de mon âge superposera-t-il son empreinte à la mienne, communicant avec moi au-delà du temps, dans des siècles et des siècles !

Ces soirées me semblent ordinairement interminables, et terriblement ennuyeuses.
Pourtant, je devrais me féliciter d'y retrouver mes jeunes cousines. Mais les deux sœurs évitent tout commerce avec moi. Elles prétendent avec une mauvaise foi évidente n'avoir ni jouets, ni vélos, ni jeux de société, ni même des poupées, avec lesquelles j'irais jusqu'à me compromettre, au prix exorbitant de ma virilité.
Mais je ne suis pas dupe. Une froide lucidité me fait clairement percevoir les raisons du rejet dans lequel on me tient. Je suis un garçon maladroit, entier, parfois brutal, qui collectionne les insectes et attrape les serpents à main nue.
Je n'ai pas entamé, à leur image, la mue vers les troubles subtils de l'adolescence, les émois exquis de la puberté. Ô combien je me sens candide et immature !

A l'inverse, mes oncles et tantes sont accueillants et généreux. Ils nous gâtent. Trop sans doute.
La nourriture est substantielle et essentiellement régionale :
Lapereau aux olives, civet de marcassin, alose à l'oseille, petits farcis du Comtat, artichauts à la barigoule, cailles aux raisins, daube provençale, aspics au muscat, rognonnades d'agneau, pieds paquets, brouillade aux truffes, tians de petits légumes, clafouti aux griottes, croquets aux amandes, fruits confits...

Généralement, on accompagne les hors d'œuvre de recherches en généalogie. On s'aventure avec enthousiasme dans un labyrinthe de cousinages au troisième degré :
- Vous savez, cet arrière petit cousin, qui a épousé la sœur du cadet de l'oncle Pascal... Il était garagiste... Comment s'appelait-il ?
On cogite abondamment.
Rien ne vient. Pas encore !
Les plats de résistance sont souvent composés de gibier. L'oncle Maurice est une fameuse gâchette. Faisans, lièvres, lapins, rien ne lui résiste.
C'est lui aussi qui mitonne aux petits oignons les victimes de l'holocauste.
De temps à autre, on entend le tintement de plombs tombant sur le bord des assiettes.
- Ah, celui-là, je ne l'ai pas raté ! Pan ! Pan ! commente fièrement notre Tonton-Flingueur.

De part et d'autre de la table, mes cousines, ont entamé leur duo d'ours polaires. Habituées aux mises au lit précoces, elles ne résistent pas aux neuf coups de l'horloge, et paraissent saisies d'une soudaine maladie de langueur.

L'aînée s'affale sur la table la tête entre les coudes, tandis que la cadette, foudroyée, fourchette en main, par l'aiguille aigüe de Morphée, est près de s'effondrer.
Par charité, on les envoie au lit vers lequel elles se traînent, telles des lémures de retour au tombeau.
Je reste seul au milieu des adultes.

Cheveulon ! s'écrit ma tante, tout à coup, en rangeant les assiettes, Cheveulon !
On se regarde :
- Cheveulon ?
- Cheveulon, le garagiste ! précise-t-elle, l'arrière-petit-cousin qui avait épousé la sœur de l'oncle Joseph… Jean-Michel Cheveulon !
On accueille cette nouvelle capitale avec la satisfaction de bergers ayant enfin rassemblé le troupeau.
- Cheveulon ! mais bien sûr, renchérit mon oncle en riant, je l'avais sur le bout de la langue !

L'apparition sur la table d'une crème aux marrons, hérissées de boudoirs, à la manière d'un porc-épic, met une sourdine à la conversation.
C'est le moment que choisit mon père pour se lancer dans ses mémorables histoires coloniales, fruits de multiples expériences dans des contrées lointaines.
Il montre une réelle virtuosité à la chose oratoire, puisant dans ses souvenirs d'aviateur des scènes palpitantes.

"- Nous perdons de l'altitude, Lieutenant, tirez plus fort sur ce fichu manche !
- A vos ordres, mon Colonel ! Mais nous n'avons plus de manche !"

Il joue avec talent du lexique exotique. On croit entendre le beuglement des buffles dans la boue des rizières, le sirocco balayant les dunes du désert, le martèlement de la pluie de mousson sur le bambou des huttes. On bourlingue, dans des carlingues surchauffées, au-dessus de troupeaux d'éléphants. Les toponymes claquent comme des étendards : Nouakchott, Cotonou, Phnom Penh, Tamanrasset, Abidjan !
Drapés dans leurs habits tribaux, Sénégalais, Touaregs, Khmers, Annamites, aux odeurs de cuir et de poudre, défilent, sous l'œil débonnaire de l'Homme Blanc.
Ah, le bon vieux temps du Tonkin et de l'AOF !
J'ai beau connaître tous ces récits - habilement enluminés et rafraîchis à chaque narration, je suis fier de mon père !
Il est tard. J'ai la tête qui tourne. Une chappe de plomb s'installe sur la conversation.

C'est le moment choisi par ma tante pour lancer ces mots définitifs :
- Voulez-vous de la camomille ?
Je ne devrais pas, mais j'accepte. La camomille qui doit, selon le dictionnaire "calmer et aider au sommeil" a sur moi l'effet exactement contraire.
Rentré à la maison, je passe la nuit, tendu comme un arc, un tube au néon logé entre les tempes, les mâchoires tétanisées, et le cœur prêt à rompre. Et cela dure jusqu'au petit matin.
J'ai eu l'occasion, dans ma vie, de tester différentes substances – plus ou moins licites ; je le proclame ici : je n'ai jamais rien consommé qui égale en puissance la camomille de ma tante !
Le jour se lève.

A Bollène, mes cousines s'habillent pour aller à la messe !

En l'an 2025, en Pennsylvanie, effleurant les briques d'une cheminée rouge, un enfant s'amuse à me tendre la main.

*

Les profs émargent aux premiers rangs des pourvoyeurs de souvenirs, pour le meilleur et pour le pire…

Monsieur Raymond

Lorsque j'entrai au collège de Bollène, en 1961, on me fit bien vite savoir que la terreur des lieux se nommait monsieur Raymond, professeur de musique, trompettiste dans la fanfare municipale et ancien légionnaire. Son nom ne se murmurait qu'à voix basse, avec des tremblements, accompagnés de sueurs froides.

Monsieur Raymond, roide, trapu, les mains énormes, revêtu de costumes épais, la gauloise vissée aux lèvres, officiait dans un local distant des autres salles du collège, près du portail, derrière la loge du concierge.

Pour accéder à ce lointain repaire, redouté de chacun, il fallait traverser la cour, passer devant le bâtiment des filles, l'air avantageux, mais le ventre noué, et croiser ceux, qui, tristes soldats d'une armée en déroute, venaient de quitter la place, pâles, les yeux au ciel, battant subrepticement des phalanges pour signifier à leurs malheureux successeurs que le Vulcain des lieux, se surpassant dans la sévérité, venait de réduire une poignée d'effrontés en charpie.

Tels qu'on a pu voir les Bourgeois de Calais, la corde au cou, cédant aux Anglais les clés de la ville, ou bien encore ces martyrs, dit céphalophores, offrant leur tête sur un plateau d'argent, nous avancions, tremblants, vers le lieu du supplice.

Dans un silence absolu, que la crainte rendait presque cassant, nous rejoignions nos places, et attendions le bon vouloir du maître.

Ce dernier, dont la voix puissante se répercutait bien au-delà des grilles du collège, au point d'effrayer les

passants, faisait retentir sa tanière de puissantes clameurs, vouant l'engeance collégienne aux pires gémonies. Puis, d'un pas de matamore, il arpentait vivement les rangées, contrôlant tout sur son passage. Avec une exactitude qui donnait à penser qu'il possédait des dons de clairvoyance, son regard d'épervier démasquait les moindres infractions, et son index accusateur, tel le foudre infaillible de Zeus, désignait immanquablement les coupables.
Venaient ensuite les sanctions qui s'abattaient sur nous, tranchantes comme des couperets. La plus commune, et sans doute la plus cruelle, consistait à faire recopier intégralement, et sans *aucune faute*, des règlements scolaires, copieux fascicules qu'un aréopage bureaucratique tatillon, s'était plu à rendre profus et indigestes.
Nous suions sang et eau pour éviter les oublis fatidiques ou les graphies piégeuses tapis dans chaque ligne :

Les subterfuges illicites des contrevenants, telles les antisèches, messages détournés, pompes, inscriptions graphodermiques, ou autres procédés fallacieux visant à modifier les résultats des évaluations scolaires, se verront immanquablement sanctionnés par la série de mesures coercitives prévue à l'article 17 du présent règlement, etc.

Notons que, pour l'époque, ce travail besogneux de scribe, en lieu et place des traditionnelles *lignes* télescopiques du type : *je ne dois pas frapper mes camarades à la récréation, même si je veux devenir policier*, répondait à un désir plus ou moins pervers de plonger prématurément les jeunes cerveaux dans l'indigeste logorrhée administrative, qui, adultes, continuerait, à les persécuter ; cette forme de violence psychique s'apparentant à un *détournement de cervelles mineures.*

Une autre des lubies singulières du professeur Raymond, résidait dans l'utilisation obsessionnelle du stylo vert. L'objet était de toutes les missions : correction, annotations, soulignage, mais surtout instrument punitif, servant à recopier les règlements scolaires. Son oubli s'apparentait au crime de lèse-majesté, déclenchant immanquablement les foudres magistrales. Il eût paru aussi inconcevable, indécent même, d'assister au cours de musique sans stylo vert que d'aller à la piscine sans son maillot de bain. Il marquait les récalcitrants du signe vert de l'infamie, comme en des temps anciens on brûlait les félons au fer rouge !

Un jour, pendant la récréation précédant le cours de musique, je me rendis compte que l'indispensable accessoire n'était plus dans ma trousse !
L'avais-je oublié ? Me l'avait-on volé ? En ce temps-là, les larcins étaient rares au collège, mais l'importance des enjeux, et les risques encourus, pouvaient les justifier.
J'avisai un ancien camarade de l'école primaire, inscrit dans une autre sixième.
- Je ne trouve plus mon stylo vert pour aller en cours de musique ! lui confiai-je, affolé.
Ses yeux aussitôt s'agrandirent :
- Oh punaise ! Raymond va te crucifier direct sur ta chaise ! Pas de stylo vert ! Franchement, tu vas déguster, mon collègue ! je n'aimerais pas être à ta place !
- Tu pourrais me passer le tien, pour une heure ? lui demandai-je, la peur au ventre.
Il hésita :
- Eh bien... Ma mère, tu la connais, elle ne veut pas que je prête mes affaires...
- Écoute, je te donnerai des Mistrals Gagnants, et des Carambars à cinq francs...

- Des bonbons ! Oh non ! Ma mère ne veut pas que j'en mange. C'est mauvais pour les dents. Allez salut ! Il faut que j'y aille...
Les élèves commençaient à se mettre en rang. J'étais gagné par la panique.
Je le pris par le bras :
-Attends !
Je sortis de ma poche le *stylo à encre* offert par mon oncle René pour mon anniversaire, avec sa belle plume en véritable plaqué or.
- Attends, fais voir ! dit mon camarade.
Sans autre commentaire, il fit glisser l'objet dans sa trousse et me tendit le stylo vert.
J'étais sauvé !
- Eh, là-bas, les retardataires, dépêchez-vous de rejoindre les rangs, ou je vous mets un règlement ! cria monsieur Raymond.
Obéissants, nous pressâmes le pas.
Pour autant, je n'étais pas tiré d'affaire ! Ce fut encore à cause du maudit stylo vert, que je reçus, un peu plus tard, une punition exemplaire, dont je conserve un souvenir cruel. Pendant la correction d'un exercice de solfège, ledit stylo, sale, mâchouillé et rafistolé, s'était mis à baver, salopant mon cahier de musique, avant de rendre l'âme, à court d'encre !
Terrifié, je frottai de toutes mes forces l'impénitent outil contre mon pantalon, le suçotai, crachotai sur sa pointe, le frottai, le réchauffai du bout de mes phalanges, dans l'espoir de le ressusciter - je devrais dire : lui rendre sa verdeur ! - En vain ! Le professeur me surprit dans cette position qu'il jugea équivoque, fronça les sourcils avec sévérité, et m'expédia, séance tenante, au bureau du Directeur avec deux *règlements* pour *gestes déplacés* et *simulation de pratiques obscènes.*

Je ne pus réprimer mes sanglots en pénétrant, tête basse, chez notre Principal, Monsieur Pascal, homme grave et mince, réputé indulgent, qui m'accueillit comme à son habitude, lunettes déchaussées, visage au ciel, se massant abondamment, du pouce et de l'index, les paupières et la base du nez.
Sans quitter cette position naso-méditative, prenant à témoin les cieux des innombrables imperfections du monde, il m'écouta quelques instants et prononça un éloquent : *Ah, oui ! Monsieur Raymond !* accompagné d'un haussement d'épaule.
- Prenez donc ce stylo vert dit-il, je crois bien qu'il vous sera utile !
Puis et il me relégua, derrière son bureau, dans un réduit qui empestait l'eau de Javel et l'alcool à brûler, pour y commencer mes travaux de copiste.

>*"Le présent règlement définit les droits et les devoirs de chacun dans l'espace scolaire... "*
>*"Les sanctions et les punitions ont pour finalité de promouvoir une attitude responsable de chaque élève et de le mettre en situation de s'interroger sur sa conduite, tout en prenant conscience de ses actes..."*

C'était interminable ! J'avais la main ankylosée, et je suai à grosses gouttes, quand la cloche sonna.
Sitôt rentré à la maison, je suppliais ma mère de m'aider à finir le pensum. Ne sachant rien me refuser, elle consentit à boucler le travail, car, c'était elle qui, contrairement à l'usage commun, contrefaisait parfaitement mon écriture.

Il ne m'est pas resté de souvenir marquant de ce qu'il advint par la suite durant les cours de musique.

Je me revois, comme pétrifié, dans cette partie de la classe que le professeur avait baptisée *mare aux hippopotames,* où nous croupissions en silence, seulement réveillés en sursaut par la Walkyrie de Wagner, donnant à plein volume sur la minuscule platine *Teppaz* du collège, ou les stridences insoutenables du Maître des lieux, embouchant sa trompette.
L'arrivée des vacances marqua la fin de ces épreuves. Je fus inscrit dans un autre collège !

Je n'imaginais pas revoir un jour le professeur Raymond. Et pourtant ! Quelque quinze ans plus tard, de passage à Bollène, et devenu moi-même professeur, je me suis retrouvé, lors d'un banquet qu'organisait un ami de mon père, placé tout près lui.
Cette proximité, parfaitement fortuite, eût dû rester sans conséquence sur mon comportement, mais les réminiscences d'événements gravés dans ma mémoire plus vivement que je ne l'aurais cru, les effets tardifs mais indélébiles du *stylo vert*, me firent redouter que l'ancien Maître ne me reconnût. Instinctivement, j'amorçai un recul. Cependant, par un soudain réflexe d'amour propre, je chassai ces craintes puériles, et m'assis crânement. Le temps, me dis-je, avait suffisamment fait son affaire pour gommer mes traits de collégien.
Étonnamment, considérant mon voisin plus attentivement, je fus contraint de constater que si la frustre enveloppe charnelle demeurait à peu près inchangée, elle était désormais habitée par un tout autre personnage, affable, civil, débonnaire, galant avec les dames. Ces observations me plongèrent un instant dans la perplexité, car si, d'un côté, elles me rassuraient, rendant l'idée de rédemption crédible, d'un autre, j'étais pris de vertige en découvrant les profondeurs possibles de la duplicité.

La soirée touchait à sa fin quand Monsieur Raymond parut me remarquer pour la première fois. Il me toisa avec curiosité et m'adressa ces mots :
- Attendez ! Il me semble vous reconnaître, n'avez-vous pas été élève, ici-même, au collège ?
Je fis mine de réfléchir et déglutis avec difficulté :
- Eh bien… oui ! En effet… Nous habitions Bollène, dans les années 60…
Devant mon embarras, il me coupa, et ajouta avec malice :
- Rassurez-vous, je n'ai jamais rien ignoré de ma réputation ! Parfois, j'aurais aimé me départir de ma sévérité. Mais elle me rendait les choses tellement plus faciles ! Je n'avais qu'à paraître pour que les rangs se forment, parler pour qu'on se taise, et ne rien dire pour être aussitôt entendu ! Pour un professeur, quelle aubaine !
Il me fixa, sourire aux lèvres :
- N'est-ce pas, cher collègue ?
Je tentai de répondre mais, pris de court, je demeurai sans voix.
- Cependant il y a autre chose, poursuivit-il, soudain plus grave. J'ai été soldat, vous savez ! La Légion ! L'Indochine ! Ces forêts, ces rizières, ces choses terribles ! Et les enfants ! Avez-vous entendu parler de ces gosses qui se battaient dans les rangs du Viêt Minh ? Savez-vous qu'ils pouvaient être d'une perversité à vous glacer le sang ?
Le professeur Raymond parut hésiter un instant, avant de me faire un aveu :
- les gosses ! Eh bien, ils n'ont jamais cessé de me terroriser !

*

Rien n'est précaire comme vivre
Rien comme être n'est passager
C'est un peu fondre pour le givre
Et pour le vent être léger
              Louis Aragon - J'arrive où je suis étranger (1944)

IMPOSSIBLE COUSINADE

- Et si nous allions voir les cousins Masson, suggérait de temps à autre mon père, avec une périodicité qui n'avait rien de hasardeux, car il usait du calendrier comme d'un métronome.

Ces cousins Masson, à qui papa se faisait un devoir de rendre visite, étaient apparentés à la famille de ma tante Thérèse - la pourvoyeuse de camomille du précédent chapitre - selon une généalogie nébuleuse.

Disons, au risque d'abuser de la métaphore, qu'ils occupaient une orbite lointaine dans la galaxie étonnamment clairsemée de notre parentèle.

Car chez nous, point de tribus prolixes, ni de clans populeux ; point de tablées gargantuesques, point de ces cousinades pléthoriques en vogue dans bien d'autres familles.

Nous observions une stricte frugalité génétique !

Lorsque mon père laissait tomber le faussement spontané : *"et si nous allions rendre visite aux cousins Masson"*, on ressentait dans son propos une discrète compassion, dont je ne parvenais pas à comprendre la cause, et qui, bien sûr, aiguisait ma curiosité.

Gervais et Marinette, la soixantaine, et Jean-René, leur fils unique, trentenaire pâle et taciturne, habitait une zone reculée et marécageuse de l'interminable plaine rhodanienne, dans un ancien corps de ferme en très mauvais état.

Nous étions reçus avec une extrême gentillesse, près du grand vaisselier de la salle à manger, sur le plateau duquel, bien en vue, trônait une Tour Eiffel miniature, d'environ un mètre de haut, confectionnée en allumettes, avec un art saisissant du détail. C'était l'œuvre de Jean-René, le fils de la maison, qui, lorsque nous arrivions, faisait de timides apparitions, échangeait avec nous quelques mots, puis disparaissait dans sa chambre sous les regards entendus des adultes.
On disait Jean-René habile de ses mains, mais affecté d'un mal mystérieux qui lui faisait garder la chambre, et le plongeait dans des états de dépression sévère.
Pour autant, j'avais beau scruter son beau visage triste, je ne décelais rien qui pût le distinguer des êtres *bien portants*, ni justifier les inquiétudes dont il était l'objet. Sa différence supposée me le rendait, au contraire, éminament sympathique.

Un autre souvenir tenace qu'il me reste de ces visites à nos cousins Masson, tenait à l'eau du robinet, pour le moins très particulière.
Issue d'un puits, elle possédait, pour dire les choses sans détour, un arrière-goût de *bête crevée*, et une odeur nauséabonde d'*œuf pourri* ! Pourquoi ? En raison de quel caprice de la nature, les dieux chtoniens avaient-il condamné à de putrides libations les habitants de ce pauvre lopin ? Des gens de science, hydrologues notoires, avaient déterminé que la nappe aquifère dans laquelle on s'approvisionnait, contenait, entre autres étrangetés, des éléments soufrés.
Qu'en faire ? Les mêmes gens de science, en accord avec les services municipaux, pour qui une adduction d'eau supplémentaire, dans ces régions lointaines, eût occasionné un coût considérable, avaient diagnostiqué que, loin

d'être impropre à la consommation, l'eau du puits possédait des vertus curatives.
Ambitieux, dynamiques, les Masson eussent pu ouvrir une station thermale ! Désargentés et fatigués, ils avaient dû s'accoutumer à la redoutable potion :
- Avec le temps, on finit par s'habituer ! affirmait ma cousine
- Et même y prendre goût ! ajoutait mon cousin.
On s'abstenait toutefois d'en offrir aux convives.
C'était sans compter sur mon esprit bravache, doublé d'un besoin impérieux d'égalité hydrique. Philanthrope, je m'offrais en martyr à l'épreuve de l'eau, acceptant tout au plus qu'on accommodât le breuvage d'un peu de sirop de menthe ou d'orgeat. Ostentatoire, je simulais tous les stigmates de la délectation. Mais à chaque gorgée, j'étais saisi de haut-le-cœur. Mes tempes se couvraient de sueur, mon estomac se creusait comme une vague par gros temps, et le breuvage, ingurgité à grands renforts de déglutis contraints, semblait vouloir jaillir de mes entrailles, telle la lave d'un volcan.
Pourtant, je résistais, je souffrais sur l'autel de l'altruisme digestif.
Je demandai un autre verre !
- Que dirais-tu plutôt d'un bon lait de chèvre ? Suggéra, un jour, mon cousin, miséricordieux, du lait de chèvre encore chaud.
Maman écarquilla soudainement les yeux, redoutant de me voir absorber un breuvage dangereusement dépourvu de pasteurisation.
- Oh ! C'est très bon pour les enfants, très sain, anticipa avec douceur Marinette. Jean-René en buvait tous les jours lorsqu'il était petit !

Il se trouvait que nos hôtes hébergeaient une chèvre dans un enclos voisin. J'étais tout heureux de pouvoir assister à la traite, mais l'on me fit savoir que l'animal, de nature pudique, ne condescendait qu'à donner son lait, dans la stricte intimité, en présence de ses seuls maîtres.
Le précieux élixir était crémeux et tiède, couronné d'un précipité compact à l'aspect fromageux ! De minuscules particules solides venaient en crever la surface, telles des larves d'éphémères mouchetant le miroir d'un étang une soirée d'été.
Je fus, en le voyant, parcouru d'un frisson ! J'ai pour les concrétions lactiques un absolu dégoût.
Fromage ! Pâte abhorrée de mes entrailles ! Abject objet de mon écœurement !
Ah ! Que n'avais-je persisté à m'abreuver de l'eau du robinet !
Le lait possédait une intense saveur animale, d'âcres senteurs caprines.
Pourtant, tel Socrate avalant la ciguë, je parvins à vider mon verre, au prix d'un effort surhumain.
- Alors ? demanda ma cousine, avec appréhension.
- C'est très bon, articulai-je, d'une voix blanche, avant de filer sus au cagadou, en me tenant le ventre.

Jamais, après cet épisode, je ne revis nos cousins Masson. Pour des raisons que l'on s'appliqua à me rendre confuses, la famille avait quitté la Plaine, et Jean-René hospitalisé à Marseille. Parfois, dans mes pensées, je revoyais son visage pâle et mélancolique, si proche, et pourtant si lointain, retranché à jamais dans un autre monde.
Est-ce pour tenter de renouer un fil à jamais rompu que je demandais un jour à Maman de m'acheter des boîtes d'allumettes, beaucoup de boîtes d'allumettes, dont, pa-

tiemment, j'éliminais les pointes phosphorées, pour construire un château ?

Bientôt, avec la fièvre des bâtisseurs, j'entreprends le chantier, en commençant par le donjon. L'édifice s'élève vite. J'envisage un instant d'en doubler la surface. Des rêves de grandeur me traversent l'esprit !
Mais bientôt la haute structure perd de l'équilibre et s'incline.
Sans cesse, je dois consolider la base avec des allumettes. Le sommet s'amincit ! Babel s'enlise !
Sur la table de la cuisine, les boîtes s'accumulent.
Je modifie mes plans, transformant mon donjon en clocher !
La colle que j'utilise me laisse sur les doigts une pellicule noirâtre qu'on ne peut enlever sans m'arracher la peau.
Maman me soigne avec des bains d'eau tiède et de bicarbonate. Mes phalanges prennent l'aspect de la viande bouillie. Un jour, à l'école, j'ai le pouce et l'index soudés au porte-plume !

Papa m'observe avec curiosité. Je sais qu'au fond de lui, il brûle de m'aider. C'est un génie du bricolage, pourtant nos tentatives de collaboration se sont toujours soldées par des échecs cuisants, de tonitruants drames domestiques qui agacent Maman.
- Ah ton fils, dit Papa, ton fils ! c'est vraiment un sacré numéro !
Pour mon père, l'apprentissage exige une soumission absolue de l'Élève, sur qui la toute-puissance d'un Maître, généralement excédé par la moindre contrariété, s'exerce sans limite. C'est la méthode inspirée de sa propre expérience et, probablement, celle des années coloniales.
Je me vois immanquablement accablé de sarcasmes :

- Tu ne peux pas la serrer plus fort, cette pince, on dirait que tu tiens un plumeau ! (Il joint le geste à la parole). Mais bien sûr ! Ce n'est pas de ta faute ! On ne t'a jamais dit que le mauvais ouvrier a toujours de mauvais outils !
Au comble de l'irritation, il me traite de Pied Nickelé, de Branquignole, de Gougnafier !
Quand ce n'est pas la version militaro-tonkinoise, qui m'est délivrée, en VO :
- Chuyen ! N'hâan ! Mahoulen ! Mahoulen ! Gnâââ !
Ces démonstrations me mettent hors de moi ! Immanquablement, je m'enfuis, jetant théâtralement mes outils, pour aller me barricader dans ma chambre.
Les portes claquent.
- Ah, vous deux, vous allez finir par me rendre folle ! s'écrie Maman.
A la décharge de mon père, c'est vrai que, parfois, j'ai pu me montrer maladroit. Un jour, je lui ai écrasé deux phalanges d'un grand coup de marteau, un autre, je l'ai assommé avec un madrier que je transportais sur l'épaule.

N'y tenant plus, Papa finit par s'approcher de moi et contemple mon œuvre d'un petit air narquois :
- C'est une église que tu fais là ?
- Non, enfin, euh, c'est plutôt un château médiéval, mais…
- Tiens ! Tiens ! J'aurais plutôt penché… eh bien… pour la Tour de Pise !
Il rit, tout fier de son bon mot :
L'attaque est soudaine et perfide !

Humilié, je saisis mon château-cathédrale, et le transporte tout au fond du jardin !
Là, je le jette sur le sol, et craque une allumette.

La tour s'embrase, et se tord en un jaillissement de flammes et de fumée. La colle bout. Puis la flèche s'incline lentement et sombre en un long ralenti pathétique.
Je me demande ce que penserait Jean-René s'il pouvait assister au spectacle.

Aujourd'hui, le temps aussi s'est consumé, et se sont distendus les fils de ma mémoire. Que sont mes cousins devenus ? J'ignore à qui le demander.
Il n'y a plus personne au rendez-vous des cousinades.

* * *

*"Chassez le naturel,
Il revient au galop".*
(Destouches – Le Glorieux – D'après Horace)

La colombe sort ses griffes - 1962

A Saint-Pierre, sur le chemin de la colline conduisant à Barry, il m'arrivait de rencontrer un voisin très particulier dont l'apparition avait pour moi quelque chose d'assez magique, comme si je m'étais trouvé, tout à coup, en face de Merlin l'Enchanteur. Ce personnage extravagant, vêtu de blanc, allait, quelle que soit la saison, pieds nus dans des sandales, qui, du reste, paraissaient ne lui servir à rien, tant sa démarche procédait de la lévitation.
Il s'appelait Lanza del Vasto.
Pour ceux qui l'ignorent, l'étonnant promeneur n'était rien moins qu'un véritable personnage historique.
D'extraction princière, docteur en philosophie, disciple de Gandhi, auteur de talent, presque prophète, il était l'un des précurseurs du mouvement écologique et des futurs hippies, au nombre desquels j'allais momentanément me compter quelques années plus tard.
Le front très haut, la barbe très blanche, le visage très noblement sculpté, il était impossible, en le voyant, de ne pas songer au grand Léonard de Vinci, avec qui il partageait des origines transalpines, des dons de clairvoyance et d'incontestables qualités artistiques - sans pour autant produire des Joconde, ni inventer le parachute.

Quelquefois, l'illustre personnage s'asseyait sur un rocher, près de notre maison, et donnait toutes les apparences de la méditation. Sur ce même rocher, à vocation secrète de banc public, ma grand-mère, Henriette Lafont, avait passé de longues heures de rêveries taiseuses ; l'accorte bloc de pierre, jouxtant aujourd'hui la piscine d'une disgracieuse *villa*, avait dû, à travers les siècles, recueillir bien des confidences.

Lanza et ses disciples résidaient près de chez nous, en contrebas d'un bois de pins, dans une vaste bâtisse de style provençal, siège de la *Communauté de l'Arche*, fondée en 1948, au sortir de la deuxième guerre mondiale. Profondément religieuse, cette assemblée, au fonctionnement semi-monastique, comptait des membres permanents, et divers hôtes de passage.

Les compagnons portaient au cou une croix de bois, dessinée par le Maître lui-même, de beaux habits tissés, et les inévitables sandales réfrigérantes. Les vêtements étaient magnifiques, à la fois simples et sophistiqués. De ses années de dandysme germanopratin, l'élégant Lanza del Vasto avait gardé un goût marqué de l'esthétique, qu'en héritier de la Renaissance, il ne dissociait ni de l'éthique, ni de la foi. Il s'était constitué une garde-robe originale dont la tunique-chasuble semi sacerdotale, attachée sous les manches, qu'il arborait en toutes circonstances, constituait la pièce maîtresse. S'il n'avait possédé bien d'autres talents, il eût pu sans difficulté devenir créateur de mode tant il semblait doué pour la *chose vestimentaire* ; ma plume perfide me pousse à écrire : *pour le déguisement*.

L'implantation de la Communauté dans notre minuscule village de Saint-Pierre s'était faite sans heurts. Les "barbus" et autres "lanzistes", comme se plaisait à les nommer maman, passaient pour une bande d'olibrius plutôt sympathiques. De temps à autre, des invitations étaient lancées aux villageois pour des rencontres amicales (prototypes des journées portes-ouvertes) qui avaient lieu à la Chesnaie, siège de la communauté, route de Saint-Paul-Trois-

Châteaux. J'étais très impressionné par les métiers à tisser, les tours de potiers, les ateliers divers, qui me donnaient l'impression de remonter le temps.

Captivantes également les quelques photos de Schantidas[1], *aux Indes*, avec le Mahatma Gandhi, filant la toile, ou, guitare au dos, cheminant au milieu des rizières et des temples. Je ne peux dire avec certitude si c'est dans ces occasions, ou par les récits indochinois de mon père, que m'était venu le très profond désir de visiter l'Asie, ou plus tard encore, lorsque j'ai lu "Pèlerinage aux Sources", œuvre maîtresse de Lanza del Vasto (1943). Ce sont des pages magnifiques, d'une merveilleuse pureté d'écriture, et un passionnant récit de voyage.

Pour ce qui me concerne, et si cela intéresse quelqu'un, j'ai fini par concrétiser mes rêves orientaux, beaucoup plus tard, en 1972, mais c'est une autre histoire.

Les quelques enfants de la communauté possédaient des professeurs particuliers, et le privilège enviable d'être dispensés d'école communale. Cela faisait oublier la puérilité de leurs jouets de bois, bien moins *matures* que les nôtres, essentiellement composés de soldats de plombs, casques, sabres, fusils, ceintures, et pistolets.

Malgré les multiples ascèses, jeûnes, pénitences, pieds gelés, les *compagnes et les compagnons* - c'est ainsi qu'ils se désignaient - aimaient danser, chanter, jouer des saynètes d'inspiration mythologique ou religieuse. Chaque année, était organisé, près du village troglodytique, un feu de la Saint-Jean auquel participaient beaucoup de villageois, et que d'aucuns, mauvaises langues, avaient prestement baptisées *bacchanales*. On y servait, dans des

---

[1] *Porteur de paix,* nom donné par Gandhi à Lanza del Vasto.

cruches en terre, un excellent jus de raisin, biologique avant la lettre, issu des vignes de la propriété.

La messe dominicale liait intimement la communauté au village. Aux premiers rangs de l'étroite nef de l'église, se tenaient Lanza et ses disciples, et le très vieux Comte de Guillermine, aristocrate chenu du village, dans sa longue pèlerine noire.
Les compagnons entamaient sans tarder les chants liturgiques, sous la direction de l'épouse de Lanza del Vasto, appelée Chanterelle, artiste de renom, qui, se murmurait-il, s'était produite, dans sa jeunesse, à la Scala de Milan.
Je ne crois pas qu'il n'y eut jamais un tel chœur dans une église aussi modeste que la nôtre.

J'avais obtenu de mes parents, mécréants notoires, le droit d'aller au catéchisme avec mes camarades, après moultes supplications. Maman avait rencontré *monsieur le curé*, afin de *mettre les choses au point*, lui martelant que j'avais pris ma décision tout seul, et qu'il ne devait ma présence qu'à la largesse d'esprit dans laquelle on m'avait élevé. Maman était issue d'une famille huguenote, originaire de Haute-Loire. Avait-elle, comme ses frères, été baptisée dans la foi protestante ? Jamais elle ne le sut ; personne n'en avait gardé le moindre souvenir.
De son côté, le prêtre - il me semble qu'on l'appelait *père Gautier* (ou *Gauthier*, ou *Gaultier*) - ne demandait pas mieux que de ramener au bercail des brebis égarées, sans se montrer trop regardant sur la qualité du pelage.

Chanterelle, l'épouse de Lanza, était une très belle femme d'une cinquantaine d'années, illuminée d'une foi ardente, qui, pour l'essentiel se nourrissait de l'amour du Grand Homme. Je croisais quelquefois le couple dans la colline,

au-dessus de chez moi, un peu gêné de se donner la main. L'épouse romantique était d'une constante bonne humeur et d'une inaltérable bonté : une *belle âme*, selon le lexique chrétien. Mais le plus beau en elle, *un don du ciel* inestimable, était sa voix proprement angélique. Les jeudis, après le catéchisme, elle se consacrait à la chorale de l'église.
Chanterelle et moi, nous nous entendions bien. Elle trouvait que je chantais juste, ce qui, aujourd'hui, me paraît proprement incroyable, et me montrait des signes d'affection. Quelquefois, j'allais, à vélo, l'attendre à la Chesnaie, siège de la communauté, pour l'escorter jusqu'à l'église. Un jour, elle accepta de monter sur mon porte-bagages. Ses grandes jupes voletaient pendant que nous dévalions la grand-rue du village. Je me rappelle son rire clair, et ses bras autour de ma taille.

Mais nous étions de vilains garnements. J'étais un enfant turbulent, obstiné et retors, non dépourvu parfois de sensibilité. J'étouffais dans l'étroit huis-clos familial, malgré les soins constants et héroïques portés par ma mère à mon éducation, et sans doute aussi à cause de cette même affection débordante. Le père Gautier (ou Gauthier) louait mon intelligence. J'avais appris le catéchisme - "le caté" – en une seule et unique lecture. Mais je me montrais volontiers *raisonneur* ; j'exigeais des explications, osais demander des comptes à *Notre Sainte Mère l'Église, Apostolique et Romaine* - Pourquoi Romaine ? Je portais la contradiction du matérialisme familial au sein de la curie. Je m'étonnais avec véhémence du mécanisme des Mystères. L'Incarnation était rétive à mon entendement ; la Trinité, la Rédemption, ne me semblaient pas vraiment catholiques ! Je jugeais l'Administration Divine avec sévérité ! Pourtant j'avais une foi ardente, ou plutôt un besoin incoercible de salut, dans un monde mal fait. Le soir, dans mon lit, je débitais à des vitesses supersoniques des Pater et des Ave, tant pour l'âme des dinosaures, injustement exterminés, que pour celles des soldats morts à la guerre. Les résultats se faisaient attendre. Aucun diplodocus ressuscité n'apparaissait dans les rues du village ! Parfois, mon insolence, qui touchait au blasphème, me valait des réprimandes et des paires de claques. Dans ces années, les gifles se distribuaient avec une grande largesse, et partaient pour un rien, comme les coups de pieds au cul. Notre bon curé, lui, usait avec dextérité du dos de son missel comme relai de la foudre divine, l'instituteur, du double-décimètre, appliqué sur la pointe des doigts pour faire entrer les règles d'orthographe et de mathématique. Les coups, plus ou moins maîtrisés, alimentaient le quotidien, comme le pain du même nom, ou la soupe du soir. Il entrait dans les habitudes que l'on portât sur le visage des coquarts bleuissant, ou les stigmates empourprés des cinq doigts d'une main, sans espoir qu'on ne relevât jamais la moindre empreinte digitale !

Un soir, les garçons se trouvaient dans l'église pour répéter des psaumes. Chanterelle était accompagnée d'une très jolie fille, une nièce de Lanza del Vasto, qui chantait comme un vrai rossignol. Nous devînmes intenables ! Était-ce à cause du grand mistral qui faisait grincer les vantaux du portail ? Ou, plus justement, de la jeune fille aiguisant nos ardeurs juvéniles ? Dès qu'un chant débutait, nous faisions des "canards", ces manifestations, aussi désagréables que sournoises, favorisées par la pénombre[1] :

---

[1] J'ai subi cela, plus tard, alors que j'étais professeur, avec une espèce de "boîte mugissante" que des élèves se passaient dans le dos – J'en avais ressenti de vraies envies de meurtre !

Nous te louons Seigneur,
Maître du Ciel et de la Terre,
Alléluia ! Alléluia !
COUAC ! COUAC !

Avec infiniment de patience et de pédagogie, Chanterelle parvint à nous convaincre de cesser le chahut. Le cours reprit.
Je ne sais ce qu'il m'advint alors ; malgré moi, comme habité par un esprit malin, je rompis la trêve, et poussai une espèce de bramement d'auroch qui se répercuta jusqu'au fond de l'église.
Ce fut le canard de trop !
En quelques pas rapides, Chanterelle fut sur moi, et tenta de m'assener, en hoquetant, des coups de genoux et de coudes : Voyou ! Vaurien ! Canaille ! Je sentais son corps contre le mien. Elle avait des muscles durs, fuselés, de sportive. J'étais jeune, fougueux, agile comme un renard, passant mon temps dans les collines, à escalader les falaises, descendre dans les puits, capturer les serpents. Je glissais entre ses bras, esquivais ses assauts. Elle arma son bras pour m'asséner la calotte finale. Mais je me baissai au tout dernier moment. Emportée par l'élan, elle perdit l'équilibre et s'affala entre les chaises, tout empêtrée dans ses jupons, ainsi qu'un misérable tas de loques.
Je venais de me battre, tel un chiffonnier, contre la femme de l'un des plus célèbres pacifistes d'Europe !

Presque aussitôt je fus pris de remords, et me confondis en excuses. J'aidais mes camarades à relever la malheureuse Chanterelle, contusionnée au contact d'un prie-Dieu, et se

frottant piteusement la hanche. Le plus dignement possible, elle regagna son pupitre, et reprit la séance de chants. Nous étions, l'un et l'autre, terriblement honteux. Je m'en voulais de mon comportement. J'avais été abject, ignoble, méprisable ; elle s'en voulait d'avoir cédé à la colère, qui est un grand péché.
Nous aurions préféré qu'un tel événement ne se fût pas produit.
Par bonheur, l'affaire ne connut pas de suite.
Nous continuâmes à coexister en plutôt bonne entente.

Et les canards
N'ayant plus rien à faire,
S'envolèrent,
Loin de l'église de Saint-Pierre.

*

Souvenirs, souvenirs,
Je vous retrouve en mon cœur,
Et vous faites refleurir
Tous mes rêves de bonheur…
(**Johnny Halliday** - Cy Coben -1960)

Expert en Bagatelle - 1963

J'ai fait la connaissance de Fabrice Fortunato au C.E.G. (Collège d'Enseignement Général) de Bollène, en classe de cinquième. C'était un garçon frais, bien tourné, élégant, volubile, sociable, l'exemple même du bon camarade, sinon du bon élève.
Il redoublait, mais avec distinction.
Fabrice Fortunato, Fab, si l'on préfère, n'avait qu'une idée en tête : les femmes ! Il manifestait une précocité tout à fait étonnante pour un élève de cinquième, bénéficiant, il est vrai, de l'expérience incomparable d'un frère plus âgé.
Quant à moi, j'étais dans l'ingénuité la plus complète regardant les choses de l'amour, une espèce de gros poussin couvé par sa mère, et plutôt bon élève. Je me passionnais pour les sciences naturelles, collectionnais fossiles et reptiles, lisais assidûment toutes sortes d'ouvrages, et obtenais des prix dans plusieurs disciplines.
De nos jours, on m'aurait qualifié d'*intello*.
Il en résultait tout naturellement que mon expérience dans le domaine de l'érotisme était élémentaire. J'avais subi quelques attouchements de la part d'une voisine, qui sous prétexte d'un "jeu de fiançailles", s'en prenait subrepticement à mes parties intimes, et découvert, dans la bibliothèque de mon grand-père, des photos licencieuses, qui, selon moi, relevaient plus de la gymnastique que d'échanges amoureux.

Fab aimait à partager ses connaissances, et se félicitait d'avoir trouvé en ma personne, ainsi qu'avec un autre élève, nommé Philippe, des disciples assidus. Si, comme aujourd'hui des cours d'éducation sexuelle, avaient été donnés, il eût, à coup sûr, raflé le premier prix ; mais la matière ne figurait pas encore au programme ; le sujet faisait même l'objet d'une censure impitoyable. Et, si, parfois, on l'abordait, c'était à travers l'observation de champignons, de fougères ou de gastéropodes.
Une approche beaucoup moins excitante !

Dès le début du second trimestre, afin d'approfondir certaines connaissances, j'avais abandonné mon pupitre du premier rang pour les tables du fond, où l'on tenait salon.
A titre d'exemple, nous dissertions sur le premier baiser, celui qui, tel un sésame, ouvre toutes les portes. J'appris avec stupéfaction que l'exercice se pratiquait avec la langue, selon des mouvements de rotation précis, qu'il convenait de bien synchroniser.
Philippe, l'autre disciple, lui aussi assidu et plein d'enthousiasme, était affublé d'un léger bégaiement :
- Et pour le bai-bai-baiser, qu'est-ce qu'on-qu'on fait, si-si on a un che-wing-gum-gum dans la bou-bou-bou-bouche ?

A la sortie du collège, nous passions aux travaux pratiques.
Fabrice usait d'une méthode de séduction assez élaborée, et qui portait ses fruits. Il était avenant, gentil, plein d'attentions, et paraissait parfaitement à l'aise en compagnie des nymphes de l'établissement.
De mon côté, j'espérais attirer leurs faveurs par des actions viriles : arrêter mon vélo tout près de leurs mollets, ou sortir un lézard de ma poche !
Étonnamment, je ne pouvais conclure…

Philippe était plus empoté encore. Il fuyait dès qu'elles approchaient.
- A-A-A-lors, v-v-vous les a-avez embra-bra-ssées ? demandait-t-il, quand nous le revoyions.
Nous mentions à moitié :
- Oui, mais pas avec la langue !
Nos conversations, intarissables, nous éloignaient de la chose scolaire. Mes résultats chutaient. Adieu cigalons et cigales, scarabées et scorpions ! Adieu serpents ! Adieu squelettes ! Adieu doctes ouvrages, supplantés par des romans de gare, des récits d'espionnage, dans lesquels je recherchais avidement les passages un peu lestes :
"*Hubert[1] posa les mains sur la carrosserie rebondie d'Hortense. On n'avait pas lésiné avec les accessoires. Les pare-chocs étaient de belle taille, la boîte à gants de grande contenance. Et quels amortisseurs ! Il sentit son levier de vitesse se dresser brusquement, tandis qu'il lâchait la pédale de frein. Le liquide hydraulique inonda les plaquettes...*"
Je changeais ! Mes parents s'inquiétaient.
Était-ce la présence de Fabrice qui provoquait une mue si soudaine, ou, à l'inverse, les changements qui s'opéraient en moi, qui me poussaient vers ce nouvel ami ? Les deux sans doute.
Contrairement à d'autres camarades, grossiers, hâbleurs, se complaisant dans de sordides descriptions organiques, Fabrice n'était jamais vulgaire. Quelque fût le sujet abordé, il considérait les rapports amoureux de manière donjuanesque. J'avais de l'affection pour lui, et de l'admiration.

---

[1] On songe, immédiatement, à Hubert Bonisseur de la Bath, plus connu sous le nom d'OSS 117, emblématique séducteur des œuvres de Jean Bruce.

Se pouvait-il qu'il y eût, de ma part, le désir d'une *amitié particulière*, une relation qui, à cette époque, et dans notre milieu, n'avait même pas d'existence ? Qui sait ?

Je ne me souviens plus dans quelles circonstances, quasi miraculeuses, je fus invité à une surprise-party, qui avait lieu à Mondragon, à dix kilomètres environ de chez moi. Je m'y rendis avec Fabrice, "trinqué" sur la "mob" de son frère.
Dans une maison du village, des jeunes gens endimanchés dansaient le twist sur des chansons de Richard Anthony, Johnny Hallyday, Elvis Presley, ou l'indispensable Chubby Checker…
"Come on let's twist again…"
Puis, lumières baissées, quand débutaient les slows languissants de Frank Sinatra, des Platter, ou d'Otis Redding, les couples s'enlaçaient.
"Only youououououou… ! "

Très rapidement, Fabrice, qui avait invité une splendide créature, mit en application les techniques que nous avions si souvent évoquées au collège. Après un virage serré de la mâchoire droite, sa bouche vint s'adapter parfaitement aux lèvres de la fille, d'une façon très professionnelle.
J'étais sidéré par ce travail d'artiste, digne d'OSS 117 !

Dansant avec la grâce d'un palmipède, croisé d'un ours de Sibérie, je restais assis dans mon coin, mangeant des chips, et buvant du Coca. A la petite école, j'avais été exclu d'un ballet champêtre, lors de la fête de fin d'année, ce qui m'avait durablement affublé de complexes.
Je me faisais le plus discret possible, branlant mollement du chef en suivant la mesure, et fumant cigarette sur ciga-

rette, des Chesterfield sans filtre, crânement calées au coin de la bouche, à la Humphrey Bogart.
Il y avait, autour de la piste, d'autres personnes qui, comme moi, observaient les danseurs. Parmi elles, une très jolie fille, petite, aux cheveux bruns, qui détournait les yeux quand je la regardai.
Réciproquement, sous ses regards, je me mettais à détailler attentivement le plafond, ou le fond de mon verre.
Fabrice s'était éclipsé avec sa cavalière ! Lui, au moins, ne perdait pas de temps !
Levant ostensiblement le coude, je me mis à siroter une boisson gazeuse, allongée d'un breuvage qui devait être du whisky, à en juger par son arrière-goût de punaise écrasée.
Puis je plongeai progressivement dans une cotonneuse hébétude ; autour de moi, tout devint flou, la jolie fille brune quitta, comme en tanguant, la pièce, sans même me jeter un regard.
Strangers in the night agonisa sur le pick-up, et l'on ouvrit tout grand les portes.
Fin de *party*, sans réelle surprise !

Dehors, je dus attendre Fabrice près d'une heure. Il faisait froid. Je frissonnai, sautant d'un pied sur l'autre, quand j'entendis, tout près de mon oreille :
- Formidable ! Elle s'appelle Hélène ! Un corps de rêve, et quelle intelligence ! J'aime les filles intelligentes ! On a longuement discuté, et fait des choses surprenantes, véritablement surprenantes ! Il faudra que je vous les raconte !
Le bourreau des cœurs était tout guilleret, et d'excellente humeur.
Nous reprîmes la mob pour rentrer à Bollène.

Le lendemain, je pouvais à peine parler, à cause des Chesterfield sans filtre, fumées la veille ; et le supposé cocktail au whisky demeurait réfractaire à toute digestion. Je tentai, avec la complicité du robinet d'eau chaude, de stimuler le thermomètre pour éviter l'école, mais le mercure se montra paresseux, et ma mère ne voulut rien entendre :
- 37.2° ! Soyons sérieux ! Quand on veut vivre comme un grand, il faut en assumer les conséquences !

En cours de physique, Fabrice ne put résister à l'envie de nous conter ses aventures :
- Cette fois, les amis, je crois que je suis amoureux ! déclara-t-il. Un ange !
Puis, il nous expliqua avec force détails, comment il avait bénéficié d'un vrai traitement de faveur : réglage des soupapes, révision du kilométrage...
- Et le dé-dé-débouchage du ca-ca-carburateur, elle te-te l'a-la fait, au-au-aussi ? Demanda Philippe, avec gourmandise.
- Mais de quoi parlez-vous, là-bas, au fond ? Questionna Mr Bismuth, le prof de physique.
- De mécanique, M'sieur, de carburateur...
Le professeur parut amadoué, c'était un passionné de vieilles bagnoles :
- Ah, la carburation ! la carburation ! Très important, les garçons ! C'est ce qui fait avancer la machine.

J'étais heureux de ce qu'il advenait à mon ami Fabrice, mais, pour moi, la surprise-party avait été un fiasco pathétique. Le visage charmant de la jeune fille brune m'apparaissait parfois, telle l'image incarnée de ma désillusion. Je n'avais pas été capable de lui glisser un mot ! Un seul mot ! Les sages préceptes amoureux de mon ami n'avaient servi à rien. Désespéré, je songeai à entrer dans les ordres.

Plusieurs jours durant, j'affichais la mine taciturne d'un hidalgo blessé. Pour me mortifier, j'avais emprunté à la bibliothèque de Bollène *les exercices spirituels*, d'Ignace de Loyola, et *le dialogue,* de Catherine de Sienne, deux gros opus abscons et terriblement ennuyeux, qui me tombaient des mains.

J'en étais arrivé à de morbides extrémités, quand Fabrice m'apostropha :

- Tu sais, la petite brune que tu reluquais, l'autre jour, à la surprise-party. Eh bien, devine ! Hélène m'a dit qu'elle veut te revoir !

Je sentir mon cœur bondir dans ma poitrine. En une fraction de seconde je passais du plus noir désespoir à la joie la plus vive.

On me réclamait ! On m'aimait ! Je n'avais pas fumé en vain un paquet de Chesterfield sans filtre !

Dieu soit loué !

Ainsi que Saint Ignace !

Il fut convenu d'un rendez-vous à Mondragon, le mercredi suivant. Moi qui n'avais jamais prêté beaucoup d'attention à mon aspect physique, je passais tout mon temps à me regarder dans la glace. Et ce que j'y vis m'inquiéta. Globalement, ce n'était pas catastrophique, je n'étais ni trop gros, ni trop maigre, ni trop petit, ni trop grand ; j'avais les traits réguliers, peut-être trop, un visage triangulaire, vaguement chevalin, un nez droit, des yeux verts, des cheveux châtains, ondulés, les lèvres fines, le menton moyen, les pommettes hautes, le teint clair, la barbe rare. Je possédais cette faculté, par ailleurs utile, de ne ressembler à personne, de me glisser partout sans être remarqué. J'étais

fluide, furtif, substituable. Les miroirs tardaient à renvoyer mon image, et mon visage à marquer les esprits.
J'avais du mal à m'affirmer. Je me sentais un peu étranger à moi-même.
Pour corriger ces défauts, au sens propre, je me composais diverses expressions. De trois quarts, en fronçant les sourcils, et en avançant le menton, j'avais l'air plus mature. Avec une cigarette et des lunettes noires, je gagnais quelques trimestres encore.

Une autre de mes inhibitions tenait à mon habillement. Maman avait, parmi de multiples talents, celui de couturière. Elle excellait dans la solidité, mais en matière d'élégance, c'était beaucoup moins abouti.
Heureusement, Philippe voulut bien me prêter son blouson d'aviateur, et une longue écharpe.
- Avec ça, tu vas casser la baraque ! prévoyait-il, avec cette magnanimité, exempte de toute jalousie, qui nous le rendait sympathique.
Restait l'éternelle coupe de cheveux, ornement assassin, détail obsessionnel, rédhibitoire, de mon identité !
J'étais, depuis ma tendre enfance, et à mon immense regret, coiffé par mon père.
Ce dernier avait acquis une tondeuse d'occasion, qui empestait l'huile de vaseline, et m'arrachait les cheveux par plaques. Le style était résolument martial : brosse courte, bien dégagée sur les oreilles.
- Je trouve que ça t'avantage, disait ma mère. C'était bien la seule !

La route qui conduit à Mondragon traverse la banlieue de Bollène, avant de rejoindre la 7[1], plus au sud. Elle passe par l'intérieur des terres et ne présente aucun dénivelé. Pour le cycliste bollénois, seul le mistral, venant du nord, rend pénible le chemin du retour.
Pour l'instant, il me pousse. Je suis heureux ; la route est belle, bordée de champs et de vergers. A mi-chemin s'élève une mystérieuse bâtisse de briques rouges, à l'aspect très ancien. Plus loin, avant d'arriver au village, on longe de hautes falaises sombres percées de grottes, et des granges abandonnées.
Mondragon est un village-rue. La jolie jeune fille habite une maison située à côté de l'église, près du *local* où s'était tenue la *surprise-party*.
Ses parents sont absents ! Elle m'attend dans une pièce toute simple, meublée de deux fauteuils, d'une table basse, et d'un grand canapé.
Elle me sourit, mains sur les hanches :
- Je suis contente que tu sois là, dit-elle, me prenant par le bras.
- Et moi donc !
Je pense au gros lapin que mon père déposait dans les cages de mesdames lapines.
Elle est beaucoup plus petite que je ne le pensais, et possède un très joli visage sur un corps de gamine.
On s'assoit sur le canapé.
Maladroitement, je la prends par le cou. Dans ma tête les pensées s'entrechoquent : carburateur, vilebrequin, joint de culasse ! Elle pose sa bouche sur la mienne. Elle a un parfum de chewing-gum. Et, tout à coup, tel le trésor qu'on m'avait annoncé, *in corpus femina veritas*, je sens un petit

---

[1] Nationale 7.

bout de langue dans ma bouche ! Mon premier vrai baiser !
Fabrice ! Philippe ! Et vous tous, les garçons de la classe, Ah si vous me voyiez !
Nous passons un moment, hors du temps, les lèvres douloureuses, échangeant de timides caresses.
17 heures, déjà ! Les parents vont rentrer !
Adieu ma mie ! Adieu mon amoureuse !

Face au mistral, je rentre, en un temps record, à Bollène.

Je ne sais plus comment elle s'appelait.
C'était mon tout premier trophée,
J'étais entré, avec brio, dans l'adolescence.

*

Ce soir nous irons danser
Sans chemise, sans pantalon
Ce soir nous irons danser
Sans chemise, sans pantalon

(Rika Zaraï, 1975 – d'après Gérard la Viny - 1958)

Feu de boutique - Bollène – 1963

(Cette histoire-là, j'en ai gardé le souvenir cuisant. Je ne suis plus sûr du nombre de convives. Je l'ai limité à ceux dont ma mémoire garde la trace. Que me pardonnent, ou me remercient, les absents.)

Cette année, mes parents ont invité leurs amis, les Grandier, au repas de Noël. Il y a aussi mon oncle René et mon grand-père Chave, venus de Saint-Etienne. On a dressé la table dans la salle à manger. Maman a sorti sa plus belle nappe et le service en porcelaine de Limoges, hérité de sa mère.
Sur un guéridon, des bouteilles de vin attendent d'être bues. Une délicieuse odeur de volaille rôtie règne dans la maison.
Nous en sommes aux apéritifs. Il y a, entre autres boissons, du *vin quina* préparé par mon père, et de la *carthagène*, redoutable spécialité locale élaborée à base de moût de raisin et de *gnôle*. Les prémices ténues de l'ivresse allument les esprits et ouvrent grand les cœurs. Moi aussi, j'ai le droit de prendre un petit verre.
Mr Grandier est un collègue de mon père. Il forme avec sa femme un couple harmonieux et jovial. Ils ont une fille unique, Mathilde, jolie, sportive, qui a le même âge que moi. Elle aime Sheila et lui ressemble un peu. On dit qu'elle sort avec un garçon de première, beaucoup plus âgé qu'elle. Nous nous entendons bien. Il y a entre la famille

Grandier et la nôtre des parallélismes frappants. Nous sommes, parmi les *Français moyens*, dans l'exacte moyenne.
Tandis que moi qui ne suis rien qu'une petite fille de Français moyens… - Sheila – 1968

André Grandier, pince sans rire, et excellent pongiste, a le corps sec et l'esprit vif. Il manie avec adresse le calembour et l'épigramme.
- Un peu de quina ? lui demande Maman, ou de la Carthagène ?
- Vous me tentez, Yvette… Hum, hum, du quina ? … Attendez, cela me rappelle quelque chose… Ah oui !
Il se met à chanter d'une voix de ténor :
L'amour est enfant de bohème,
QUINÂÂÂ, jamais, jamais connu de loi…
Il est drôle !
Sa femme, qui est plus grande et plus forte que lui, s'esclaffe :
- Il est si drôle !

Il faut bien reconnaître que, dans le domaine de la plaisanterie, ma pauvre mère était loin d'avoir les talents de son hôte. Elle possédait cette habitude d'introduire certains de ses discours par des formules en forme de prolepses : *Attendez, je vais vous faire rire…* qui suscitaient aussitôt l'attention.
S'ensuivaient des histoires, ou anecdotes, dont on se demandait, non sans un certain embarras, ce qu'elles pouvaient bien contenir des effets annoncés.
Certes, l'on pressentait que l'histoire possédait un élément cocasse, mais il était tellement dissimulé dans un récit mal ficelé, encombré de précautions oratoires, de digressions, de commentaires, que le sel, initialement contenu, semblait s'être dissous. En ces instants, Maman

eût dû trouver prétexte pour changer de sujet, ou mettre fin à la conversation, mais elle persistait, s'obstinait, s'engluait dans une réitération de l'anecdote moins amusante encore que la première fois. Elle rougissait, bafouillait, s'excusait de son peu de talent, mais ne renonçait pas.
Tout le monde souffrait pour elle, tentait de lui venir en aide, louait la saveur des plats, le choix du vin, flattait près de sa chaise l'échine d'un chien, tout étonné de cette marque inattendue d'affection :
- Oh, qu'il est beau, ce toutou ! C'est un épagneul, n'est-ce pas ?
Rien à faire ! Maman baissait tristement la tête en disant :
- Eh bien, moi, vous n'allez pas me croire, cette histoire, qu'est-ce qu'elle m'avait fait rire !

L'oncle René est *le personnage* de la famille, brillant, aimable, séducteur, extrêmement original ; tout le monde l'adore. Il a beaucoup voyagé, fait la guerre, traversé le Rhin, chassé le Führer de son nid d'aigle, conquis une partie de l'Allemagne...
Désormais, il est maître d'école, pacifiste, et célibataire.

Autre instituteur, depuis longtemps à la retraite, mon grand-père, Paul Chave, le père de Maman, a gardé la rudesse et l'accent rocailleux de son Velay natal. Blessé durant la Grande Guerre, communiste de la première heure, résistant taiseux, il a voué son âme au socialisme. Il reçoit le *courrier de Moscou*, et regrette, en secret le bon vieux temps du stalinisme. Grâce à Dieu, ou à Lénine, il n'est pas dépourvu d'une dose d'humour, et se montre généreux avec moi au moment des étrennes.

Au fond de la pièce, derrière la grande table, se dresse le sapin.

Cette année, on m'a confié le soin d'allumer les bougies, fragilement assujetties aux branches par de petites pinces. Mes 13 ans, fêtés la veille[1], m'ont conféré le droit d'user des allumettes, qu'à la dérobée, j'utilise depuis longtemps.

J'ai peu de place pour remplir ma mission, car on a ajouté des rallonges à la table. Je dois m'agenouiller inconfortablement pour atteindre les chandelles situées tout en bas du sapin, puis poursuivre la tâche en me contorsionnant pour aller jusqu'au faîte de l'arbre.

Erreur funeste ! Quand je suis, sur la pointe des pieds, jarrets tendus, à embraser la bougie sommitale, quelqu'un s'écrit :

- Vous ne trouvez pas que ça sent le brûlé ?

Ça le sent, incontestablement !

Une fumée âcre me sort de l'entrejambe. Des flammes ont pris naissance dans les replis de ma braguette, imprudemment exposée aux bougies des rameaux inférieurs.

En langage infantile, j'ai la boutique en feu !

Je sens la chaleur traverser le tissu, et se propager dans les régions subabdominales de mon individu.

Un réflexe me pousse à couvrir de mes mains cette zone en péril, mais je n'ai pas lâché la boîte d'allumettes ! Elle s'embrase à son tour ! Noël se mue en 14 juillet !

L'oncle René jette aussitôt, le contenu d'un pichet d'eau glacée sur le lieu du sinistre. Il y a un crépitement de mèche d'artifice, puis une épaisse fumée blanche. En quelques fractions de seconde, je passe des chaleurs tropicales aux glaciations arctiques.

---

[1] Je suis né un 24 décembre, comme d'autres, et non des moindres.

De son côté, Maman saisit par la taille, mon pantalon, et le baisse d'un geste vigoureux. Plus de peur que de mal ! la double épaisseur des poches "kangourou" de mon sous-vêtement – qu'en soit remercié le génial inventeur ! - a protégé d'une cruelle combustion de précieux bijoux de famille, et, indirectement, une possible progéniture !

Sans me faire prier, je file dans ma chambre.

Dans la cuisine, on mouche avec précaution les bougies. On toussote. On ouvre les fenêtres.
Un beau manteau de neige recouvre le jardin. Mme Grandier balaie les escarbilles. Mon grand-père, qui en a vu bien d'autres, se sert un verre de muscat. On grignote de la dinde aux marrons. Mathilde a du mal à s'arrêter de rire. Monsieur Grandier, un peu éméché, poursuit, sans se démonter, ses calembredaines :
- *Savez-vous que, l'année dernière, en Italie, nous nous étions perdus, sans **carte**, à **Gênes** ?* (Rires)

Je me sens mieux ! Ressuscité, tel le phénix, dans de nouveaux habits, je lance, goguenard, sous les vivats des convives :
   - Merci à tous ! Merci ! je vous dois une fière chandelle !

Je possède, sans me vanter, une certaine renommée en matière de maladresses. Mais un feu de braguette, cela assoit une réputation !

La fête continue.
Mon verre est plein d'un vin trembleur comme une flamme. (G. Apollinaire)

*

Les souvenirs sont de pauvres îlots dressées sur les abysses de l'oubli.

Les bonnes œuvres de José Salinas – 1964.
(Et l'enterrement des squelettes)

Cette année-là, comme un nombre significatif des garçons de ma classe, je dus à José Salinas mon passage en seconde. Aujourd'hui encore, je lui en suis reconnaissant.

José était petit, bien fait, le visage poupin sommé d'une coiffure brillantinée d'un autre âge, le cheveu épais et brun, le teint mat. Son aspect juvénile le faisait ressembler à son presque homonyme, Joselito[1], le rossignol chantant, *el niño de la voz de oro*, dont les films, en ce temps-là, connaissaient un immense succès.

Jose Salinas détonnait parmi la bande d'adolescents boutonneux, braillards, obsédés par le sexe, entretenant en eux des rêves de rock stars, qui composaient la majorité des garçons de troisième. La raison était simple : Jose avait *sauté deux classes* au cours de sa scolarité. Et, de ce fait, certains redoublants, ou triplants - on triplait à l'époque ! – pouvaient avoir jusqu'à quatre ans de plus que lui. A cet âge, c'est presque une génération !

Autre particularité, qui découle de la première, José Salinas était premier en tout et raflait sans efforts les trophées. Il était ce qu'en ces temps on appelait, dans un langage équin venu d'outre-manche, un crack.

---

[1] José Jiménez Fernández, dit **Joselito**, chanteur et acteur prodige, né en Andalousie en 1943. Il connut un immense succès dans les années 60.

Le collégien surdoué aurait pu, à l'instar d'autres élèves de son envergure, survoler la classe de sa superbe, chouchouté par les professeurs. Mais José Salinas ne mangeait pas de ce pain-là ! Il n'aurait, en aucun cas, supporté de se voir reprocher de quelconques accointances avec les enseignants. Le jeune élève avait de la fierté, l'esprit de corps, et entendait être accepté et reconnu du groupe.
Pour ce faire, il consentait à partager une part de lauriers selon une méthode qui lui était tout à fait personnelle.
Comment ? Cela tenait tout à la fois du socialisme collectiviste et du féodalisme.

Du socialisme, venait l'idée que des mesures de solidarité devaient être établies entre les collégiens. José Salinas s'engageait à fournir aux plus faibles, aux besogneux, aux paresseux, une forme d'aide au travail, ou SMIC scolaire, sous formes d'anti-sèches, ou de devoirs tout faits.
Tous les matins quand le bus de Saint-Paul-Trois-Châteaux arrivait au collège, on voyait un groupe de troisièmes se réunir autour du jeune crack.
- Tu as les exercices de Français ? demandait l'un.
- Et la quatrième question de math ? questionnait l'autre.
- Je n'ai pas réussi à faire l'espagnol ! ajoutait un troisième.
L'interpellé tirait de son cartable plusieurs feuillets remplis d'une fine écriture, qu'il distribuait débonnairement à tous les quémandeurs.
Aussitôt, ces derniers, dos calé contre la grille du collège, recopiaient les précieuses réponses, buvant le nectar de l'intelligence, telles des brebis assoiffés, l'eau vive d'un torrent.

D'autre part, puisant dans la pensée conservatrice, notre généreux donateur avait acquis la conviction que le secours apporté à chacun devait être conditionné à des valeurs morales : camaraderie, fidélité, courage, et qu'en matière de capacités cognitives, pour ne point dire intelligence, ou encore, vilainement, QI, existait, quoi qu'on dise, une hiérarchie naturelle qu'il convenait de ne pas bousculer.
De ce système pyramidal, élitiste, quasi chevaleresque, mais cependant redistributif, José constituait la figure angulaire.

Ainsi, pour maintenir un fragile équilibre entre entraide et méritocratie, il avait instauré un "service à la carte" : *à chacun selon ses mérites*, pour parodier la parole de Marx. Aux meilleurs, aux fidèles, aux plus motivés, les antisèches de qualité, à peine moins élaborées que les originaux ; Aux élèves de second rang, les farfelus, les chevelus, ceux qui négligeaient l'obligation scolaire pour des frivolités, telles le sport, la musique, le commerce amoureux, des "pompes" de moindre qualité, mais d'assez bon aloi ; aux gueux, enfin, cancres invétérés, non pas romantiques à la Prévert, mais grossiers personnages, indurés dans leur ignorance, au géant Rousillard, lui-même, maître incontesté es flatulences et dégueulasseries, à ceux-là, les feuillets de médiocre valeur, mais suffisants pour avoir la moyenne.
Les filles, rares dans notre classe, n'entraient point dans ces combinaisons. Elles avaient un niveau bien supérieur au nôtre.

Comment ai-je été amené à devenir le camarade de José Salinas ? Par quel chemin sommes-nous devenus fossoyeurs de squelettes ?

Je stagnais au collège, redoublant, plongé, la plupart du temps, dans une apathie maladive, mâchant rageusement le plastique de mes stylos, souffrant - déjà ! - de la toux du fumeur, ayant perdu tout goût pour la chose scolaire. Vautré dans la paresse, comme un sanglier dans la fange, je jetais sur mon avenir un regard plein de morgue. J'affichais en toutes circonstances un air désabusé. Seule, la croissance de mes cheveux qui lentement me couvraient les oreilles, m'offrait une raison valable de supporter la vie.
Comme étendard, j'arborais, avec insolence, la blouse sale et déchirée du fier *desdichado* [1] :

Je suis le Ténébreux, – le Veuf, – l'Inconsolé,
Le Prince d'Aquitaine à la Tour abolie :
Ma seule Etoile est morte, – et mon luth constellé
Porte la blouse grise de la Mélancolie.

En ces temps de mutation sociale, où se télescopaient existentialisme, beat génération, Bob Dylan, guerre du Vietnam et Léon Zitrone, proliférait une forêt de symboles, angoissante pour les adolescents !
L'un d'entre nous, nommé Chopard, grand dégingandé, hirsute, répétait, index dressé, en arpentant la cour :
- "*Deviens qui tu es*", "*Je est un autre*", "*Dieu est mort !*", "*L'homme est un animal malade*" !
- Eh, Chopard ! lançait-on, en riant, c'est toi qui es malade !
Il l'était, gravement ! On l'envoya d'urgence dans un hôpital psychiatrique, à Marseille.

[1] Gérard de Nerval – Chanson, 1863

Au collège, nous étudions Rimbaud !
Sur mon cahier, je griffonne ces mots :

Qu'ont-ils fait de toi, Arthur ?
En prison, ils ont enfermé tes voyelles !
En cage mis tes E
Au placard mis tes A
Au cachot mis tes O
Au tapis mis tes I
Au bahut mis tes U
Et dans une geôle, enfermé tes consonnes !
Ils ont volé ta poésie.

Un jour, je n'y tiens plus. Je lève la main et demande à Monsieur Auboyer, notre professeur de Français, pourquoi on nous fait étudier les vers d'un adolescent révolté et fugueur, haïssant ses parents, et pédéraste de surcroît, alors que nous sommes, nous, punis à la moindre incartade, consignés pour une bulle de chewing-gum ou une cigarette !
Mr Auboyer me regarde, de bas en haut, surpris de mon audace. Il est des mots, en ce temps-là, qu'on ne prononce pas. Toute la classe retient son souffle. J'attends une tornade, le déluge !
Mais au lieu de cela, le professeur hoche la tête, et me lance :
- Les génies ont tous les droits parce qu'ils sont immortels ! Ils ouvrent les portes. Cela leur coûte cher. Ils se brûlent les ailes.
Puis il ajoute, sans consulter ses notes :
- Écoutez ce que nous dit Rimbaud dans sa fameuse *lettre du voyant,* en 1871 :
Je dis qu'il faut être voyant, se faire voyant. Le Poète se fait voyant par un long, immense et raisonné dérèglement

de tous les sens. Toutes les formes d'amour, de souffrance, de folie ; il cherche lui-même, il épuise en lui tous les poisons, pour n'en garder que les quintessences. [1]

Il ôte ses lunettes, se frotte les yeux :

- Mais peut-être avez-vous suffisamment de génie, Mr Lafont, pour vous affranchir des insupportables contraintes du collège. Tenez, une question, pendant que j'y pense :
- Que serait le monde si nous étions tous des génies ? Cela fera un excellent sujet pour le devoir de vendredi prochain.
Il tourna son regard vers José :
- Et surtout, Salinas, n'allez pas vous user la cervelle à aider vos petits camarades !

Après le cours, José Salinas vint me voir :
- Auboyer, il s'est montré plutôt sympa, tout à l'heure.
- Oui, c'est vrai ! Je pensais qu'il allait me passer un savon !
- Ce n'est pas tous les jours qu'on pose des questions… plutôt intelligentes.
Je me sentis flatté. Il reprit :
- Tu aimes la poésie, on dirait !
- Il y a des poèmes qui me touchent, dis-je ; j'aime Rimbaud, et Verlaine, Baudelaire, beaucoup, sans oublier Villon, leur maître à tous…
- Et la pédérastie, qu'est-ce tu en penses ?
La question me mit mal à l'aise.
- Je suis plutôt attiré par les filles, dis-je. Et toi ?

[1] Arthur Rimbaud :

- Moi aussi, je crois... du moins, il me semble, je n'ai pas beaucoup d'expérience, tu sais...
Il baissa la voix et prit le ton des confidences :
- Mais Auboyer, lui...
- Quoi ?
- Eh bien, il...
- Tu veux dire que...
- Oui !
- Non !
- Si !
- Tu en es sûr ?
- Il habite à côté de chez moi, à Saint-Paul-Trois-Châteaux.
- Auboyer !
Ces confidences ayant fait leur effet, José reprit le cours de la conversation :
- Moi, ce que recherche c'est d'abord l'amitié, pour le reste, je ne sais pas encore...
Il observa un moment de silence :
- Mais j'ai du mal à trouver des amis, à cause de, tu vois...
Il me montra sa tête.
- Ta grosse caboche de premier de la classe ! conclus-je.
Et nous nous mîmes à rire de bon cœur.
A partir de ce jour, nous devînmes amis. En espagnol et en mathématiques, nous partagions les mêmes vieux pupitres, usés, cabossés, gravés au compas par des générations de martyrs de l'Éducation Nationale.

Ici, j'ai perdu mon temps, et mon intelligence.
Mort au Maths !
Je n'y suis plus !
Rendez-moi mes fonds de culottes !
Ci-gît mon ultime neurone !
Silence, je dors !

Tout naturellement, nous nous confiions chaque jour un peu plus, l'un à l'autre.

J'avais été, par le passé, un assez bon élève avant de devenir ce *clochard scolaire* que chacun connaissait. Je pouvais même me flatter de quelques prix et de notes honorables, en français, en histoire, et surtout en sciences naturelles.

Je possédais d'inattendues collections d'insectes, quelques fossiles intéressants, un microscope, et beaucoup de livres. De quoi susciter l'intérêt de mon nouvel ami. Nous nous découvrions un intérêt commun pour les voyages et l'archéologie.

Dès les premiers beaux jours, nous convînmes d'entreprendre des fouilles autour de Saint-Paul-Trois-Châteaux, dans la Drôme, où les vestiges de toutes sortes abondent.

Nous avions jeté notre dévolu sur un édicule passablement ruiné, de forme circulaire, qui avait pu servir de pigeonnier, ou de moulin à vent.

Je ne dirai jamais assez la beauté des paysages provençaux avant qu'il ne se couvrent d'horribles pavillons, que l'on nomme *villas*, bastionnées, grillagées, entourées de lignes électriques, gravillonnées, empiscinées, véritables camps d'extermination pour les lézards, oiseaux, et autres petites bêtes !

Le lieu de fouilles, cadastré *le Tourniquet*, se trouvait au bout d'un long chemin de terre envahi d'herbes folles. Nous traversions une nature intacte, compartimentée de *restanques* (murets), boisée de pins, d'yeuses et de genévriers, embaumant le thym et le genêt.

Nous avions emprunté à nos pères une pelle, une houe, et des langues de chats. Nous avions des pinceaux de diverses tailles, des étiquettes, une pince chirurgicale, un mètre pliant, de la ficelle, des tubes en verre, et un flacon de mercure au chrome pour désinfecter de possibles blessures.

Je livre ici un extrait du *carnet de bord*, rédigé à l'époque, et que j'ai conservé :

Campagne de fouilles archéologiques, lieu-dit *le Tourniquet* - Saint-Paul-Trois-Châteaux.
José Salinas - Yves Lafont

Jeudi 11 mars 1965 :

Premier jour de fouille.
Nettoyage du sol - sarclage des pariétaires - Déblaiement des branches et bris de tuiles - Évacuation des gros gravats.
Mesure de la surface du site - Délimitation du périmètre d'intervention.
Décapage du sol sur une épaisseur de 100 mm, Tamisage.
L'évacuation se fait à l'extérieur de l'édifice.
Nombreux tessons de poterie grise. 150 à 300 mm (voir schémas)
Relevé final.
Nettoyage.

Jeudi 18 avril 1965

Reprise des fouilles.
État des lieux : bon. Changement : néant
Décapage du sol sur 200 mm - Nombreux tessons de poterie grise. 150 à 420 mm (voir schéma) - datation récente (d'après Mr Marcellin, prof d'histoire).
"Refus" nombreux avec tamis de 2 mm :
Humus et débris végétaux (brindilles et racines),

1 tesson de poterie vernissée, jaune, avec des taches bleues. 14 x 70 mm - probablement une anse. (Voir schéma)
Os plat jaune - côte ? A analyser.
Relevé final.
Nettoyage.

<u>Jeudi 26 avril 1965</u>

Reprise des fouilles.
Intervention extérieure : trace de circulation de petits mammifères. Crottes de lapin.
Décapage du sol 300 mm.
Éléments d'enquête : l'anse vernissée date probablement du début 20° (Mr Marcellin, prof d'histoire).
L'os est un fragment de côte HUMAINE, qui pourrait être antérieur au 19° - Peste ? (Source : Mme Langeac, prof d'Histoire Naturelle)
Terre plus meuble - Grand nombre de côtes, os long (tibia ?), Maxillaire 12 dents - boîte crânienne ! Une grosse pierre pèse sur les vertèbres.
DECOUVERTE d'un SQUELETTE HUMAIN !

Schliemann mettant au jour le trésor de Priam ne dut pas être aussi ravi que nous ! les recherches portaient leurs fruits. Nous criions : Un squelette ! Un squelette ! tout en creusant frénétiquement la terre de nos mains, oubliant au passage les règles élémentaires de l'archéologie. Les os étaient nombreux, cassants, ocre, couleur de terre. Nous les jetions dans un grand carton plat, qui s'emplissait rapidement et menaçait de déborder.
- Regarde ! s'écria José, en me montrant une boîte crânienne, réplique miniature de celle que nous avions trouvée.

A l'évidence, elle provenait d'un SECOND SQUELETTE !
Un squelette D'ENFANT !

Ce nouveau venu compliquait notre tâche. Moins enthousiastes, dubitatifs, nous extirpâmes de la gangue terreuse quelques-uns de ces restes, qui ressemblaient à des os d'écureuil, et, curieusement, semblaient imbriquées dans le premier squelette.
Il était tard. Nous quittâmes à la hâte la tombe, non sans l'avoir couverte de brassées de genêt.

Quand je proposai à José, qui n'habitait pas loin, de conserver chez lui le carton d'ossements, il parut très embarrassé. Ses parents, ouvriers agricoles venus d'Andalousie et catholiques pratiquants, risquaient de ne pas apprécier la cohabitation avec des trépassés ; d'autant que la famille manquait cruellement d'espace…
Je fis valoir qu'il était peu probable que les squelettes allassent fumer au salon, ou demandassent à se rendre aux toilettes.

A quoi il retorqua, comme ultime argument, que son petit frère, qui avait la fâcheuse habitude de fureter partout (un futur archéologue ?), risquait d'être traumatisé s'il tombait à l'improviste sur nos deux protégés.
Je n'insistai pas davantage et résolus de rentrer chez moi, à Bollène, sur mon Vélosolex.
Je parcourus les sept kilomètres à petite vitesse, carton entre les jambes, prenant garde de ne pas semer, tel le Petit Poucet, des osselets tout au long de la route.

- Ah non ! Tu ne vas pas garder ces cadavres ici ! s'exclama mon père quand je lui eus montré le fruit de nos explorations. Ramène-les où tu les as trouvés ! Sinon nous devrons prévenir la police !
La police ! Je ne m'attendais pas à cette réaction.
Jusque-là, nous n'avions pas douté un instant de l'aspect purement scientifique de notre expédition.

Tôt le matin, le samedi suivant, j'étais de retour à Saint-Paul-Trois-Châteaux, le carton sous le bras, me mêlant au ballet des livreurs véhiculant leurs diables, gauloise aux lèvres, ou des bouchers, titubant sous d'énormes carcasses sanguinolentes.
Tout en allant à la rencontre de José Salinas, mon esprit se remémorait l'étrange sensation qui m'avait envahie, l'avant-veille, chez moi, en ouvrant le carton. Le spectacle des ossements, disposés dans le plus grand désordre, m'avait fait entrevoir avec soudaineté la vanité de nos recherches, et au-delà, celle de l'existence.

"*Vanité des vanités ! Tout est vanité* !". Je répétai cette formule, empruntée à Chopard[1], l'illuminé de la cour du collège, comme une incantation.
Je ne parvenais pas à m'endormir, en proie à des pensées lugubres.
Je m'étais figuré que les os, posés sur mon bureau, dégageaient une infime lueur orangée, issue d'un phénomène de combustion interne. J'avais la tête qui tournait. Ça n'allait pas très bien !
Précipitamment je m'étais saisi du carton, et l'avais enfermé dans la cave.

José m'attendait sur le chemin menant au lieu de fouilles, appuyé sur sa pelle, et tenant une poignée de fleurs sauvages, car il avait été convenu, au collège, que nous remettrions à leur place les os, et que, geste tardif de repentance, nous fleuririons la tombe.
Ce fut un bandeau rouge et blanc de signalisation qui nous donna l'alerte. Attaché, tant bien que mal à la végétation, il entourait complètement le petit édicule. Un peu plus loin, deux hommes en uniforme arpentaient les fourrés.
Les gendarmes !
Nous détalâmes à toute allure pour rejoindre la ville. Je n'avais pas lâché le carton fatidique que je traînais comme un véritable boulet.
Je m'imaginais, sans en être tout à fait sûr, que nous étions poursuivis par la maréchaussée.
Quoi qu'il en soit, il est d'un inconfort notable de déambuler, squelette en main, et la police aux trousses.

---

[1] Qui lui-même la tenait d'un vieil Hébreux du nom de l'Ecclésiaste.

Jusqu'au début des années 50, Il y avait eu, au sud de Saint-Paul-Trois-Châteaux, une petite ligne ferroviaire qui, pendant quelques hectomètres, empruntait une tranchée conduisant à la gare. Puis, cette excavation avait été partiellement comblée pour créer un parc d'habitations. Le front de la tranchée, constitué d'un assemblage de blocs de pierres, mal appareillées, était toujours visible depuis un petit pont qui enjambait la voie.
Sans nous concerter, nous dégringolâmes jusqu'à l'ancien chemin de fer, et glissâmes précipitamment le carton entre les blocs de pierre, le plus profondément possible.
Personne ne nous vit ! Les squelettes avaient une nouvelle sépulture, nous, la tranquillité !

Cet épisode sonna la fin de nos fouilles archéologiques. L'examen du BEPC[1] approchant, nous entreprîmes des révisions qui, le plus souvent, se transformaient en commentaires de nos expéditions ; celles-ci, comme toutes les grandes aventures humaines, acquérant avec le temps, la dimension de mythes.

Je terminai l'année scolaire en boulet de canon, avec une moyenne mirobolante, et le Brevet en poche ! On changea mon Vélosolex en Paloma Flash, un cyclomoteur au guidon surbaissé, que je chevauchais tel un conquistador.
Ma mère énumérait à qui voulait l'entendre toutes mes bonnes notes. Mon père se taisait, mais je sentais qu'il était fier de moi.

---

[1] Brevet d'Etude du Premier Cycle, devenu plus tard Brevet des Collège, puis DNB, Diplôme National du Brevet. Que d'innovations !

A la rentrée 1965, je fus déçu de constater que mon ami José se préparait à intégrer une seconde "*à profil renforcé*", avec latin et grec, tandis que je retrouvais mes anciens camarades dans une autre seconde, que nous intitulâmes "*à profil limité*" !
Au premier trimestre, José, par fidélité, réactiva sa petite entreprise de pompes scolaires, qu'il me glissait à la récréation. Puis il fit la rencontre d'un nouveau camarade. De mon côté, j'avais pris l'habitude de ramener chez elle une jeune fille de ma classe, sur la Paloma Flash.
Je n'abandonnais pas pour autant les expériences scientifiques, m'orientant plus particulièrement vers l'anatomie féminine.
Les années passèrent. Je n'eus plus de nouvelles de José Salinas.

*

Je suis retourné il y a quelques mois à Saint-Paul-Trois-Châteaux. Tout a changé ! La ville s'étend bien au-delà des limites anciennes. Ce qu'il restait de voie ferrée a été recouvert. A sa place s'élève une station-service.
Si José est toujours de ce monde, il sait quel étrange secret dort dans ses profondeurs.
Dans peu de temps, les hôtes du moulin retomberont à jamais dans l'oubli.
"Et nous, les os, devenons cendre et poudre[1]*"*

* * *

[1] F. Villon – La Ballade des Pendus - 1489

PS : Extrait d'un article paru dans Le Temps, du 10 avril 2024, (AFP)

Deux corps de femmes découverts dans une position qui suppose l'auto-strangulation.
C'est à Saint-Paul-Trois-Châteaux, dans la vallée du Rhône, en France, que des archéologues ont fait une étonnante, et plutôt macabre, découverte qui nous renseigne néanmoins sur les pratiques sacrificielles au Néolithique. Trois squelettes de femmes ont en effet été découverts au fond d'une fosse, sur un site présentant d'autres silos dont certains étaient vraisemblablement utilisés pour le stockage de denrées alimentaires. Si l'emplacement de la « tombe » est déjà étrange, la position des corps a immédiatement intrigué les scientifiques, les laissant penser qu'il ne s'agissait pas là d'une sépulture classique.
Alors que l'une des femmes semble dans une position mortuaire « conventionnelle » pour l'époque, sur le côté, avec les jambes pliées, les deux autres présentent d'étranges postures. L'une est sur le dos, l'autre sur le ventre. L'angle de leurs jambes repliées suggère que leurs chevilles ont été ligotées et reliées par une corde à leur cou. Une grosse pierre a été placée sur le dos de celle positionnée sur le ventre, certainement pour l'empêcher de bouger. Sa tête repose sur le thorax de celle positionnée sur le dos...

*

Le souvenir est l'unique méthode de résurrection connue à ce jour.

Le crâne de Guffiage - Octobre 1965

Les squelettes de Saint-Paul-Trois-Châteaux (voir pages précédentes) ne furent pas les seuls ossements mis à jour dans ma carrière d'archéologue du dimanche. Je fis aussi dans les bois de Guffiage une autre découverte.

Les bois de Guffiage s'étendent au nord-est de Bollène, dans le Vaucluse. Vastes et peu accidentés, mais d'une grande diversité géologique et végétale, ils constituent un joli but de promenade et un terrain de prédilection pour la cueillette des champignons.

Mes parents et moi, nous y venons souvent, généralement en automne.
Ici, le roi de la forêt, celui que tous recherchent, la star incontestée des hôtes de ces bois, c'est le bien nommé lactaire délicieux (Lactarius deliciosus), appelé aussi, dans le parler local, "pinin", "pinet", "oronge", "sanguin". Les regards s'allument à son évocation. Sa cueillette, qui s'apparente au jeu de cache-cache est un régal pour le champignonneur.
Tel un nourrisson, on le veille quand il pointe son petit chapeau rouge entre les aiguilles de pins. On tait les endroits où il pousse. On occulte les dates de ses apparitions. Et puis, adulte, on s'en délecte, cuit à la poêle, avec de l'ail et du persil, ou en bocaux, à la morte saison.
Bref ! C'est le lactaire que l'on préfère !
Moi, je lui trouve la chair trop ferme et un léger goût de grésil. Je suis un hérétique !

Aujourd'hui, le roi de la forêt a résolu de ne pas se montrer. Il préfère se faire attendre, une semaine encore, peut-être deux. Les champignons ont souvent de ces coquetteries !

Nous dépassons les grandes futaies de pins pour progresser dans un taillis où végètent de rares girolles, des grisets (Tricholoma terreum), des canaris (tricholomes équestres), des charbonniers (Tricholoma portentosum)[1]. Vile piétaille ! Maigre récolte ! Nos paniers sont à la peine !

Nous poussons plus loin encore, dans une zone de forêt où nous n'avons pas l'habitude d'aller. Les végétaux se raréfient, le sol devient sableux. Des dunes s'élèvent, ici ou là, faisant place à des escarpements blanchâtres, vestiges probables d'anciennes carrières. Nous abandonnons aux limaces voraces des pissacans[2] spongieux, pâles copies des cèpes de Bordeaux, pour récolter un peu plus loin quelques coprins, drôlement fichés dans le sable comme des bonnets de lutins. Ils ajouteront à la fricassée forestière une touche délicatement parfumée.

Un peu à l'écart, le chapeau blanc laiteux d'une russule sans lait, dite aussi faux-lactaire, est en train de perforer l'humus. C'est un très gros champignon comestible, ferme et insipide, aussi appelé "dur", qui, selon les anciens, "*ne vaut pas l'huile qu'on met dedans*".

Tel Ulysse, je ne peux m'empêcher de piquer mon bâton dans l'énorme globe charnu, qui me fixe comme l'œil d'un cyclope.

— Voilà pour toi, Monstre, dis-je en frappant de toutes mes forces.

---

[1] Tricholome prétentieux (sic) ! Allez savoir pourquoi.
[2] Bolets de pins, insipides. Ils poussent en abondance, avec un mépris total pour l'appétit humain.

Mais, à ma grande surprise, au lieu de s'enfoncer dans la masse spongieuse, mon épieu rebondit sur le chapeau blanchâtre qui sonne creux à la manière d'un fond de casserole.
Dur ! Très dur ! Le champignon mérite bien son nom !
Désappointé, je réitère mon estocade, mais, cette fois, la russule pivote et s'arrache à la glaise. Ce n'est pas un champignon, mais un crâne, un crâne humain que je dégage de la terre meuble, tout blanc, poli comme un vieux marbre !
Avec dégout, ma mère détourne le regard.

Nous battons longuement les fourrés sans découvrir de nouvelles pièces à ce puzzle macabre. Pas un os, pas l'ombre d'une dent ! Aucune trace de mandibule !
- Tu dois avoir un don pour trouver les squelettes ! persifle mon père, faisant allusion à mes récentes découvertes de Saint-Paul-Trois-Châteaux. Tu ne vas pas le ramener à la maison, celui-là !
C'est précisément ce que je compte faire.
Je feins l'indignation :
- On ne peut pas quand même pas le laisser comme ça !
- Et comment faire autrement ? rétorque mon père. Que ça te plaise ou non, il faut prévenir la police ! Peut-être y a-t-il eu des signalements, ou des disparitions... Il se passe tellement de choses !
Je prends l'air contrarié :
- Mais on ne pourra jamais retrouver cet endroit. Et ce n'est pas moi qui conduirai les policiers ici !
Mon père semble pensif. Il ajoute à voix basse :
- On a fusillé des types dans ces coins-là, à la libération...
Je le sens mal à l'aise. Il y a des périodes de l'histoire qui gardent leurs secrets.

A force d'insistance et de supplications, j'obtiens la permission de conserver le crâne, à condition que nous allions le ramener, plus tard, à la gendarmerie.
Nous rentrons à Bollène, avec un passager en sus !

De retour à la maison, je bichonne ma découverte : lavage à grande eau, brossage, séchage. C'est un très beau crâne, bien conservé, élégant. Immédiatement, il confère à ma chambre, un aspect laborieux qui va très bien avec ma collection d'insectes. Sans oublier la petite touche shakespearienne qui ne me déplaît pas :
- To be, or not to be…
Je crâne !
Pour être franc, il revêt aussi un aspect freudien, beaucoup moins avouable :
- Veuillez-vous déshabiller, chère madame, et vous allonger près de ce crâne. Je vais vous examiner.
Éros et thanatos ! La grande affaire ! Je cherche assidument l'origine du monde ! Je suis bien loin encore d'en avoir pénétré le secret !
Mes parents sont inquiets. J'entends Maman demander à mon père :
- Tu ne trouves pas qu'il a des goûts morbides ? L'autre jour, il parlait à son crâne !
- Tu te fais trop de soucis, chérie ! Un fils unique a besoin d'un peu de compagnie !
- Si encore il avait de bons résultats à l'école ! Mais tu as vu son dernier bulletin ?
Papa baisse piteusement la tête.
Scolairement, je suis en plein naufrage.
Malgré une apparente désinvolture, mon père aussi semble troublé par ma récente découverte. Peut-être repense-t-il à ces miliciens fusillés près d'ici un peu après la guerre. Un

drame tu, qui, pour certains, n'a pas fini de hanter les esprits.
Cependant, ce qui le trouble, plus encore, c'est mon manque d'empathie envers les ossements, ma froideur, mes faux-airs de paléontologue. Lui est traversé d'interrogations d'ordre métaphysique. Il ne peut s'empêcher de penser aux êtres de chair et de sang qui ont habillé les squelettes, à leur passage dans ce monde, à leurs derniers instants, aux troubles de leurs âmes.
Sur leur chemin de poussière, ce sont les nôtres, nos semblables. Ils portent en eux l'humaine condition.
Pourtant, c'est bien mon père, qui, à Paris, m'a fait visiter, quelques années auparavant, le Muséum d'Histoire Naturelle : des salles entières d'ossements, des rayonnages débordant d'embryons difformes, des vitrines exposant à la curiosité publique des ribambelles de fœtus, baignant dans le formol
Oui, mais c'était au nom de la science.

Choses promises, choses dues. Nous sommes à la gendarmerie de Bollène, route de Mondragon. En nous apercevant, le planton cache avec maladresse son Kit Carson[1] sous un registre.
- Nous venons déclarer la découvete d'un crâne humain, annonce mon père, non sans emphase.
Ses paroles ne soulèvent aucune réaction. Nous sommes un peu déçus.
- Je vais voir si quelqu'un peut vous recevoir, dit le militaire, en s'engageant dans un couloir.
Bruit de portes, long conciliabule.

---

[1] Revue de bandes dessinées de petit format, spécialisée dans les histoires de cow-boys, très populaire dans les années 60.

Punaisée sur le mur, une affiche : La Gendarmerie recrute. Non merci, pas pour moi !
- Allez-y, le Major vous attend.

De la main, le Major nous fait signe d'entrer. Il est à son bureau, devant une monumentale machine à écrire, caparaçonnée d'une espèce de blindage vert d'eau.
Il dit :
- Major Mézieux, asseyez-vous, je vous prie.
Nous obtempérons. Mon père se présente, sans oublier de mentionner ses états militaires, puis se tourne vers moi :
- Mon fils, Yves, qui vient de passer en seconde.
Le Major Mézieux tourne vers nous la tête ; il a les cheveux bruns, le front large, de longs sourcils, des yeux clairs, très perçants... Je ne vois pas le reste du visage à cause de la machine à écrire, et de ma chaise, ridiculement basse.

Il y a, dans la pièce, une table supportant une cafetière, une lampe de bureau de très grande taille, des cartons, et une paire de menottes. On voit, contre les murs, de grandes armoires métalliques, un porte-manteaux, portant vareuses et képis, un grand calendrier, une horloge.
Au fond, se trouve une autre pièce d'où parviennent des bribes de conversation et une féroce odeur de tabac.
- On me dit que vous avez trouvé un crâne ?
- Oui !
- Humain ?
- Humain, oui ! Mon père lève les yeux au ciel : trop humain !
Qu'est-ce qu'il lui arrive ? Il est devenu philosophe !
- C'est vous, Monsieur, qui l'avez trouvé, ce crâne... trop humain ?
- C'est mon fils, il a l'œil pour toutes ces choses !

Le Major se tourne vers moi. Je ne suis pas à l'aise, comme saisi d'une culpabilité nauséeuse.
- Et, il était où, ce crâne ?
Je réponds d'une voix si mal assurée qu'elle en devient suspecte :
- A Guffiage, au fond des bois, du côté de Saint-Blaise.
La main du Major Mézieux saisit un épais formulaire qu'il insère dans la machine. CRAC ! Tac - Tac - Tac
Le bruit est épouvantable ! Chaque frappe est un coup de marteau ; le retour du chariot, l'entrée d'un train en gare ! Il faut de solides biceps pour maîtriser pareille mécanique. C'est du Zola, plus que du Simenon !
- Vous dites : à Guffiage !
G - U - F - F - I - A - G - E - Tac - Tac - Tac
- Pas d'autres indices, demande le Major, d'autres parties du corps, des vêtements, des effets personnels ?
- Non ! Seulement le crâne !
L - E ... C - R - Â - N - E – CRÂÂS.S.S.S.H – ding !
- Et vous sauriez le retrouver, ce crâne si nous envoyions une équipe...
- Heu ! Eh bien...
- Vous ne savez plus où il est ?
Je me tourne désespérément vers mon père qui m'encourage d'un imperceptible mouvement du menton.
- Il est... heu... dans ma chambre !
Le cliquetis de la machine s'arrête brusquement. Le Major se tourne vers le bureau voisin, et s'écrie à voix haute :
Frémond, vous pouvez m'apporter le 612 pour recel de cadavre ?
Autant que je me souvienne, le recel est un délit, plus encore : un crime ! Le sang reflue de mon visage à la vitesse d'un troupeau de globules au galop.
Papa regarde fixement devant lui, comme électrocuté.

Ledit Frémond fait son apparition, et nous regarde d'un drôle d'air, non sans un soupçon d'inquiétude. Il est grand, un peu voûté, les cheveux châtain clair, collés au front, dents jaunes, mégot aux lèvres. Il tend un papier au Major et demande, en nous désignant du menton :
- Besoin d'aide, Chef ?
- Non ! Non ! Ça ira, Adjudant, vous pouvez disposer !
Le Major se lève et vient s'adosser au bureau, face à nous, le 612 en main. Je peux le voir en pied pour la première fois : menton étroit, petit, souple, carré d'épaules, chaussures hautes, bien cirées.
Il lit :
Loi 612 du 29 novembre 1949 - Article 89. B. Alinéa 5, relatif à la découverte de cadavres, fragments de cadavres, os divers.
- *En aucun cas les cadavres, fragments de cadavres, os divers, ne sauraient être déplacés, transportés ou vendus. Il convient, en cas de découverte, de prévenir l'officier de police de la circonscription, afin que puisse être établi procès-verbal, dûment daté et signé par les parties présentes.*

Il marque une pause, et fait craquer ses cervicales :

Article 90. A. Alinéa 3. Relatif au recel de cadavres, fragments de cadavres, os divers. *Les contrevenants qui auraient soustrait aux investigations légales des cadavres, fragments de cadavre, os divers, en vue d'actes délictueux : cession, constitution de collections, décoration de chambre, ou autres utilisations frauduleuses, s'exposent à des sanctions pénales pouvant aller jusqu'à 35.660 francs d'amende, et trois ans de prison.*

Je déglutis avec le bruit d'un évier qu'on débouche. J'en veux terriblement à mon père de nous avoir jetés dans la gueule du loup.
Le Major s'est remis au clavier ;
TACATACCCHHH… ! Grincement irritant de l'acier ! Crissement d'accident ferroviaire ! Un corps étranger a grippé la machine.
- Ah, non ! Ça recommence !
Le gendarme pose ses deux mains bien à plat sur la table, et crie, et regardant la porte :
- Brémond ! Les formulaires de PV, qui nous les a livrés ?
En écho, l'adjudant lui répond :
- Durrieux, Chef, comme d'habitude !
Le Major prend mon père à témoin :
- Comment voulez-vous travailler avec des fournisseurs pareils ? Regardez ce calque, je vais devoir réécrire votre déposition !
En effet, le formulaire ressemble à un chiffon froissé, laissant des traces noires sur les doigts du Major.
- Et pareil avec les alcootests ! Ils refusent de changer de couleurs !
Ce Durrieux nous paraît sur le champ tout à fait sympathique !
Le Major s'est replongé dans la lecture du 612, il fronce les sourcils, lève les yeux vers moi :
- Vous n'avez pas tout à fait quinze ans, n'est-ce pas, jeune homme ?
- Je vais les avoir, dans deux mois, le 24 décembre.
- Intéressant ! Intéressant ! Écoutez donc ceci !
Il lit, index levé, comme à l'écoute d'instances supérieures :
Article 91.B. Alinéa 8 - Les mineurs de moins de quinze ans ne peuvent être inquiétés pour non-respect de la légi-

slation touchant au déplacement, cession, et recel de cadavres...
Ne peuvent être inquiétés ! Beni soit le Code Civil !
Je suis pris d'une soudaine reconnaissance pour la langue française !
Il est midi. Le gendarme semble de bonne humeur. Il va pouvoir manger.
- Dans quelques mois vous recevrez un questionnaire qu'il faudra compléter. En attendant, vous pouvez disposer.
Nous sommes sur le point de quitter le bureau quand le Major nous hèle. Il hésite, se frotte le cou, malaxe ses phalanges :
- Je voulais vous demander... A... Guffiage, outre le crâne, vous avez...
Il n'a pas le temps de terminer la phrase :
- Ramassé des lactaires ? Oh non, c'est trop tard ! La saison est finie ! répond mon père, avec une parfaite mauvaise foi.

Jamais je ne reçus le moindre questionnaire. Le crâne de Guffiage resta très longtemps dans ma chambre, et me suivit quand je déménageais. Puis, tombé momentanément en disgrâce, suite à l'accroissement de la cellule familiale, il fut mis en pension chez mon père, qui le remisa dans une cache, au-dessous de la cuve à vin, et lui donna, sans qu'il voulût se l'avouer, une nouvelle sépulture.
Mais le macabre objet revint chez nous après le décès de Papa.
Personne dans la famille ne voulant le garder, je le donnai à un ami graveur, grand amateur de *vanités*, qui possédait déjà un joli maxillaire.
Les deux firent la paire !
Quelle meilleure place pour un crâne qu'un cabinet d'artiste !

Est-ce mon imagination ? Quand je passe chez mon ami, et que je le revois, bien en vue sur une étagère, j'ai l'impression qu'il me sourit !

*

Un petit jeu avant de clore ces quelques pages mycologiques : trouver le nom des quatre champignons.

1 - Il est petit, tout blanc, et un peu snob
C'est le C................ De P....................
2 - Il est gascon et gros du pied
C'est le C................ De B ....
3 - Elle est noire et toute bossue
C'est la T................ Du P....................
4 - Il a le teint rouge et un chapeau de mousquetaire
C'est le L................ De G....................

*

Nos souvenirs sont immatériels, hors de l'espace et du temps ; qui sait s'ils s'anéantissent à jamais ?
André Hardelet – Le seuil du jardin

La Révélation du Thé - 1965

(*Je repense avec une acuité particulière à cette année de lycée et à cette bande d'adolescents qui furent, pour un temps, mes meilleurs camarades.*)

J'avais, au "bahut" de Pierrelatte, un camarade nommé Jean-François Pierson. C'était un être dont le raffinement, l'intelligence, la haute culture, contrastaient étonnamment avec l'apparente rudesse physique.
Il était grand, massif, le front haut, sommé d'inextricables cheveux crépus, hérités, je ne l'appris que plus tard, d'un père d'origine malgache.
Incurablement myope, il portait d'épaisses lunettes à montures noires, à la Jean-Paul Sartre, qui le donnaient spontanément pour "intellectuel", ce qu'il était vraiment.
Jean-François possédait un air de maturité, une assurance bien supérieure à celle des garçons de son âge.
Nous passions d'interminables heures de cours, côte à côte, au fond de la classe, essayant de dissimuler notre ennui, nous adonnant à toutes sortes d'activités périphériques, le visage tendu par l'attention, en parfaits hypocrites.
Nous étions de ceux dont l'esprit ne peut se fixer sur la chose scolaire, ce qui créait de la complicité.

Mon camarade savait tout faire : dessiner avec une incroyable précision des voitures de sport, rédiger, de son écriture microscopique, des aventures mondaines, à la manière de Françoise Sagan, savamment agrémentées de scènes de sexe, dont il me faisait généreusement profiter.

Il lui arrivait même d'amener à l'école sa trousse de couture pour retoucher ses vêtements et les mettre à la mode.
- Là, je vais ajouter des pattes d'éléphant, m'expliquait-il, aiguille en bouche, alors que le professeur de Français nous entretenait du conflit cornélien.
Il était snob, indiscutablement, mais fauché et sympa.

Les temps que nous vivions se prêtaient à toutes les audaces, favorisaient toutes les tentations. Un courant frais coulait délicieusement d'Angleterre. On découvrait la pop musique, les tourne-disques, les surprises-parties (ou *surboum*) ; Jean-François se sentait comme un poisson dans l'eau.
Des camarades avaient *dégoté* une cave à Bourg-Saint-Andéol, tout près des quais du Rhône, et fondé un groupe de rock appelé *Crazy Brains*. On y massacrait allégrement *Satisfaction,* dans des conditions acoustiques apocalyptiques, ou des morceaux du cru, tel celui-ci, censément en anglais :

> *Eh Darling !*
> *Have you seen ever*
> *In the creepy evening*
> *An exquisite cadaver ?*
> *Oh no ! No, no, no, no !*
> *Oh no ! No, no no, no !*
> *I just met*
> *by the mansion,*
> *A perfect skeleton...* etc.

Sous le pseudonyme de Jeff, Jean-François, écrivait des chansons, jouait approximativement de la basse, réparait les amplis et concoctait de surprenants cocktails avec les

fonds de bouteilles prélevés chez les *vieux* de tous nos camarades.
Définitivement nul en musique, je préférais m'occuper des groupies.

Les Pierson habitaient à Saint-Restitut, dans la Drôme. La maison, située un peu à l'écart du village, était un ancien *mas* lové dans les replis d'un pays accueillant, fait de collines odorantes. Jeff y vivait avec sa mère et une grande sœur, tandis que la grand-mère, une Anglaise, installée de longue date en France, habitait un logis adjacent, abondamment fleuri.
Mme Pierson, la mère de Jeff, était une belle femme, l'air mélancolique, parlant peu, dont le mari, commissaire de bord dans la marine marchande, ne se manifestait qu'épisodiquement. Jean-François ne parlait que très rarement de son père.
Parfois, les jeudis ou les samedis, je me rendais chez mon ami sur ma toute nouvelle Paloma Flash, achetée d'occasion, au guidon surbaissé, qui enfumait copieusement la faune des fossés et vibrait comme un marteau-piqueur.
La petite route, longeant des champs ceinturés de murets, aux pieds de collines boisées, puis s'élevant entre de gros rochers aux formes tourmentées, était un vrai enchantement. Je sentais, avec un inénarrable plaisir mes cheveux longs me caresser la nuque.
En ce temps-là, partout dans le monde, se produisait une formidable croissance des systèmes pileux. Longtemps contenu, le poil, osant s'affirmer au grand jour, poussait dru.
Ce n'était pas sans susciter des réactions hostiles. Au lycée, comme au vieux temps d'Hérode, des contrôles inopinés ciblaient l'innocent chevelu. Gare au fraudeur hir-

sute, aussitôt condamné à l'infâme tondeuse, à la dégradante décapitation capillaire,
- Tenue correcte exigée ! Comment faut-il vous le dire ? vociférait le Surgé[1].
Peine perdue pour les inquisiteurs, la résistance s'organisait, le cheveu refusait d'abdiquer ! En une fraction de seconde, les oreilles se dégageaient, les cosmétiques s'étalaient, les élastiques se tendaient, et, comme par miracles les poils se rétractaient.
Pareillement, chez nos congénères de l'autre sexe, les jupes se minimisaient, les nombrils se montraient, les genoux, avec plus ou moins de bonheur, s'exposaient. Où cela allait-il s'arrêter ? Un vent d'espoir soufflait sur nos hormones !

Quand, ayant parcouru les derniers lacets du chemin, qui étaient les plus beaux, j'arrivai, en pétaradant, au logis de mon camarade, nous filions immédiatement dans sa chambre pour y regarder ses trésors : dessins de tous formats, romans d'amour dans des collections rares, poésies érotiques, disques, timbres de collection, numéros éculés de Playboy... Nous évoquions sans retenue nos projets, nos désirs, nos secrets.
- A quoi penses-tu ? lui demandai-je un jour.
- A l'avenir, répondit-il, quand les moments que nous vivons seront des souvenirs lointains.
De même, longuement, douloureusement, il me parlait de ses tentatives amoureuses, souvent inabouties. Il en souffrait beaucoup, car il avait une âme romantique.

---

[1] Surveillant Général – Il deviendra Conseiller Principal d'Éducation, ou CPE.

Un jour, à la fin les vacances d'été, nous fumes invités à prendre *a cup of tea* chez Miss Pierson, la grand-mère de Jeff, qui occupait une aile de la maison, joliment fleurie et couverte de lierre.

Le thé ! Je fus ravi de l'occasion que l'on m'offrait d'en déguster pour la première fois. Dans ma famille, on en ignorait absolument l'usage. De façon caricaturale, la très britannique boisson passait pour un breuvage éternellement tiède, à consommer cérémonieusement, le dos raide et l'auriculaire dressé, tout en articulant le moins distinctement possible toutes sortes de borborygmes.

Pourrais-je me plier à pareil exercice ? N'allais-je pas, Gaulois inexpérimenté, me ridiculiser dans la délicate manipulation des petites cuillères ? Je résolus de taire mes lacunes et acceptai l'invitation, non sans appréhension.

Le salon de Miss Pierson, aux belles poutres apparentes, était vaste et particulièrement encombré. Outre la haute cheminée, en pierres de taille, issues des carrières locales, les gros fauteuils couverts de plaids, les multiples tapis, les étagères croulant sous une profusion de bibelots à l'identité incertaine, le panier en osier dans lequel se tenait un adorable petit bichon, nommé Chubby, l'élément qui tout de suite attirait le regard était un curieux instrument de musique, qui ressemblait à un piano, raide et endimanché.

Miss Pierson était claveciniste, enseignait occasionnellement la musique, et jouait de l'orgue, le dimanche, à l'église de Saint-Paul-Trois-Châteaux. Elle nous reçut courtoisement et me complimenta, non sans taquinerie, sur mes cheveux "coiffés à la dernière mode".

- J'aimerais bien avoir les mêmes ! me confia-t-elle en dodelinant de la tête.

Les siens étaient longs et gris, retombant sans réelle ordonnance sur plusieurs épaisseurs de lainages, tous plus écrus les uns que les autres.

Nous nous assîmes sur des tabourets minuscules, et l'on servit le thé dans des tasses de porcelaine.
- You like tea ? me demanda Miss Pierson dans la langue de Shakespeare.
- Oh yes ! Very much ! mentis-je éhontément, avec cet accent bollénois qui désespérait mes professeurs d'anglais. Le liquide avait une jolie couleur ambrée et une odeur mielleuse.
- Milk ? Sugar ?
- No, thank you ! osai-je, en vieil initié : just tea !
Le breuvage étant un peu trop chaud, je méditai, en attendant qu'il refroidisse, sur l'idoine orientation de mon auriculaire.
Pendant ce temps, Jeff avait déposé sur le pupitre du clavecin une partition des Beatles sur laquelle Miss Pierson jeta un rapide coup d'œil, avant d'en explorer, d'une main, la ligne mélodique :

Help, I need somebody,
Help, not just anybody,
Help, you know I need someone, Help !

- *Oh, what a nice music* ! commenta-t-elle, avec une expression de contentement qui illumina son visage. Au même instant, le fidèle Chubby, en parfait mélomane, avait dressé bien haut l'une de ses oreilles.
Interprété presto, agrémenté de fioritures, le célébrissime morceau emplissait la pièce de ses harmonies triomphantes.
Help, I need somebody...

Nous étions subjugués par le mélange d'extrême modernité et de classicisme. Le son aigre et puissant du clavecin nous transportait aux temps anciens du menuet, mais par

son style, Help était une musique résolument nouvelle, claire, explosive, qui s'imposait à nous !
Emportée par son enthousiasme, Miss Pierson augmentait la cadence, les mains courant sur le clavier avec dextérité. Le vieux clavecin vibrait, craquait, cahotait sous les coups de pédales. Il en venait à rendre des soupirs de guitare électrique. On eût dit une chaise à porteur se prenant pour une Ferrari !
J'étais comme envoûté ! Il y avait quelque chose de magique dans la façon de transposer, par l'intermédiaire d'un instrument disgracieux, en forme de cercueil, de tristes notes de musique, alignées tels des soldats de plomb, en cette denrée sonore, palpable, mouvante, propre à communiquer des sensations aiguës, des émotions profondes.

Je portais la tasse tiédie à mes lèvres. Au lieu des chauds arômes auxquels je m'attendais, je ne décelai, déçu, qu'un goût d'herbe séchée. Il m'apparut, en cet instant, que l'illustre boisson n'était que l'une des multiples variétés de tisane ! Une tisane ! Une simple tisane !
Je vidai néanmoins ma tasse par petites gorgées, cachant du mieux que je pouvais mon désappointement. Ce faisant, plus je buvais, plus il me semblait retrouver certaines sensations…
Miss Pierson avait quitté son clavecin, et offrait des biscuits.
- More tea ? me demanda-t-elle avec une telle gentillesse que je ne pus refuser.
- Pourrais-tu jouer aussi ce morceau, Granny ? demanda Jean-François, tendant à Miss Pierson une autre partition :

Eh Darling !
Have you seen ever
In the creepy evening

An exquisite cadaver ?

La débonnaire, Miss Pierson se remit au clavier.
Après la chanson des Beatles, celle des *Crazy Brains*, de Bourg-Saint-Andéol, avait quelque chose de brut et de très maladroit.
Jeff se mit à chanter en suivant la mesure :

Oh no ! No, no, no, no !
Oh no ! No, no no, no !
I just met
by the mansion
A perfect skeleton !

Il avait une voix rappeuse, non dénuée d'originalité. La musique, composée par le guitariste du groupe, un dénommé Bobo, était répétitive et hypnotique. Mes tempes battaient. Il me semblait que la pièce s'élargissait, s'illuminait, résonnait sous les bravos de *cadavres exquis* et de *parfaits squelettes* ! J'avais chaud. J'avalai quelques gorgées de thé.
Un goût de *deja-bu* me revint au palais. Je revis une grande table couverte d'une nappe blanche et surchargée de victuailles.
Me voici transporté chez mon oncle Maurice, à Bollène, nous venons de dîner :
- Prendrez-vous de la Camomille ? demande ma tante Thérèse.
De la Camomille ! Cela me revient maintenant ! La Camomille ! Les longues nuits sans sommeil, les spasmes,

les hallucinations ! Je comprends tout ! Le thé a sur moi le même effet stupéfiant que la Camomille[1] !
Effarouché, Chubb, d'un bond, se dresse sur ses pattes et se met à glapir :
- *Oh no ! No, noo, nooo, noooo !*
Comme enivrés, nous esquissons des pas de danse et chantons à tue-tête :
- *Oh no ! No, noo, nooo, noooo !*
C'est maintenant un quatuor qui interprète sans retenue "Awful Skeleton" :

Oh no ! No, noo, nooo, noooo !
Just met
by the mansion
A perfect skeleton !

A perfect skeleton... !

La nuit qui tombe vient mettre fin à notre *crazy tea o'clock*.
Sur ma Paloma Flash, cheveux aux vents, je descends à toute allure la route de Bollène.

Je ne revis qu'une fois Jean-François. Il avait été décidé, précipitamment, qu'il ferait sa rentrée à Paris, dans une école préparatoire aux métiers de la mode. Une très bonne idée. Je savais qu'il ferait son chemin.
Pris de court, nous convînmes d'une correspondance qui demeura au stade de projet. Nous savions que notre rela-

---

[1] Cf. p. 129 – *Un poison nommé Camomille.*

tion n'avait pas eu le temps de se sédimenter. Le temps pressait. Les élans impérieux de l'adolescence nous poussaient vers d'autres horizons, d'autres rencontres. Notre renoncement fut l'ultime preuve de notre intelligence ; j'entends ici le mot dans son sens initial.

> Il est un air pour qui je donnerais
> Tout Rossini, tout Mozart et tout Weber,
> Un air très vieux, languissant et funèbre,
> Qui pour moi seul a des charmes secrets.
>
> Or, chaque fois que je viens à l'entendre,
> De deux cents ans mon âme rajeunit :
> C'est sous Louis treize ; et je crois voir s'étendre
> Un coteau vert, que le couchant jaunit,
>
> Puis un château de brique à coins de pierre,
> Aux vitraux teints de rougeâtres couleurs,
> Ceint de grands parcs, avec une rivière
> Baignant ses pieds, qui coule entre des fleurs ;
>
> Puis une dame, à sa haute fenêtre,
> Blonde aux yeux noirs, en ses habits anciens,
> Que, dans une autre existence peut-être,
> J'ai déjà vue... – et dont je me souviens !
>
> Fantaisies - Gérard de Nerval

Avec :

Miss Pierson au clavecin,
Moi-même aux percussions,
Jeff et Chubby pour les parties vocales !

Akaki Akakiévitch Bachmatchkine s'habitua parfaitement à jeûner tous les soirs ; en revanche, il se nourrissait spirituellement, portant dans ses pensées son idée éternelle d'un manteau neuf. (Nicolas Gogol - Le manteau - *Les nuits de Saint-Pétersbourg* - 1843)

Le maxi-manteau - 1966

Au milieu des années 60, sous la double influence de la mode britannique et d'une nouvelle catégorie de films italiens, baptisés, d'une façon affreusement stéréotypée, westerns spaghetti - parmi lesquels on retiendra le cultissime "*le bon, la brute et le truand*" - la mode du maxi-manteau fit son apparition dans la garde-robe des jeunes Français.
Elle fit si rapidement fureur que l'on croyait voir Clint Eastwood à chaque coin de rue.
Je fus séduit sur le champ par cette originale pièce vestimentaire, hybride entre la redingote, très cintrée, façon Lucien de Rubempré[1], et le cache-poussière à la Robert Mitchum (*duster* pour les anglophones*)*, aux empiècements formant, dans le dos, une petite cape.
Je fis le projet de m'en procurer un.

Mais avant, il fallait affronter les fourches parentales, principalement pour le financement. Généralement, ce dernier était conditionné à des concessions de ma part, d'autant plus importantes que l'investissement se révélait coûteux. La plus déplaisante d'entre elles était le sacrifice capillaire que l'on me demandait systématiquement. Cette question constituait, sans jeu de mot, un sujet permanent de friction.
Mon père :

---

[1] Honoré de Balzac – Les Illusions Perdues (1837).

- Qu'est-ce que c'est que cette histoire de manteau ? On en reparlera quand tu te seras fait couper les cheveux !
Moi, d'un ton effrontément syntaxique :
- Le contraire m'eût étonné !
Papa dissimule sa brève contrariété sous l'air satisfait d'un pêcheur qui vient de ferrer un poisson, et se relance dans la lecture du journal.
Résigné, l'hameçon douloureux dans la bouche, je promets d'aller, dès le lendemain chez le coiffeur pour *me faire scalper* !

Il se trouve que l'un de ces redoutables capellicides, officie, depuis quelques semaines, quartier des Planchettes, non loin de la maison :
- Comment je vous les coupe ?
- Le moins court possible !
- Ah bon ! Ça va me faciliter le travail. La frange ?
C'était l'élément, entre tous, intouchable : le panache d'un garçon dans le vent !
- On va la laisser comme ça !
- Dessus ?
- Très peu !
- On dégage les oreilles ?
- Ah non ! Pas les oreilles !
Ironiquement :
- Derrière, on n'y touche pas, je suppose ?
- A peine !
- Et les pattes ?
- Vous pouvez y aller !
Je n'ai pas de pattes. Mon ascendance mongole m'a privé, en cet endroit, de système pileux.
Le coiffeur ne comprend pas pourquoi je suis venu le voir.

Je lui explique que j'ai un père, terriblement vieux jeu, qui me fait subir un ignoble chantage, relatif à l'achat d'un manteau.
Il rétorque que, lui, vient tout juste de s'installer, qu'il cherche à se faire une clientèle, que les temps ne sont pas faciles pour le petit commerce, et que je serais bien inspiré d'avouer à mon père que c'est moi, et moi seul, qui aie choisi la coupe de cheveux.
Il hésite à se faire payer.
J'insiste.

Je suis dans le salon. Mon père arrive. Il n'en croit pas ses yeux :
- Comment ! Et le coiffeur, tu n'y es pas allé ?
- Mais si, Papa, regarde !
Je montre, sur mon cou, la trace fraîche du rasoir !
- Tu te moques du monde ?
- Pas du tout ! Renseigne-toi ! C'est une coupe... à la mode...
- Ah bon ! Et qui te l'a faite, cette coupe à la mode ?
Je cède lâchement :
- Le coiffeur des Planchettes ! Tu sais, il vient de s'installer...
Les sourcils de mon père se froncent, sa bouche s'amincit. En général, c'est de mauvais augure.
- Et combien il t'a demandé pour ne pas te couper les cheveux ?
Je balbutie :
- Trois francs, cinquante !
- Trois francs cinquante ! Ça fait cher le coup de ciseau ! A ce compte-là, moi aussi, je vais ouvrir un salon de coiffure ! Combien de cheveux je vous coupe ? Une douzaine ? Oh non ! C'est trop ! Il ne faut pas exagérer !
Mon père renfile prestement sa veste, il fulmine :

- Je vais aller lui dire deux mots, moi, à ton coiffeur des Planchettes ! Non mais, il se fiche de nous !
Il saisit la poignée de la porte, il est sur le point de sortir ! Je m'interpose, je promets, je jure ! Maman vient à la rescousse... J'abdique :
Adieu ma belle chevelure !

Mes parents ne voient pas bien à quoi ressemble un maxi-manteau. Je n'ai aucune illustration à ma disposition, ni un quidam à montrer dans la rue. Je décris la chose de mon mieux.
- Ça m'a tout l'air d'une gabardine trop longue, conjecture Papa.
- Pourvu que ce soit chaud... J'espère qu'ils sont en laine, ces manteaux, hasarde ma mère.
A ma grande surprise, il est décidé que la famille, au grand complet, ira en ville, rue de la Paix, à l'enseigne Jean-Claude Jezequel, magasin de vêtements pour hommes, pour y voir les manteaux.

Il faudrait élever des statues à certains commerçants, qui, tels Jean-Claude Jezequel, créateur marseillais, œuvrèrent au bien-être de la jeunesse, principalement des jeunes garçons. Aucun éducateur, psychothérapeute, guide, gourou, n'a su, à son image, transformer de jeunes adolescents, boutonneux et bourrés de complexes, en bourreaux des cœurs, en playboys de dancings
Le cousin de Jean-Claude a coutume de dire :
- L'habit constitue, chez l'adolescent, l'essentiel de son charme, une armure contre l'insignifiance. Comment voulez-vous faire œuvre de séduction avec un chandail tricoté par sa mère et le pantalon hérité du grand frère ?

Nous fûmes accueillis dans le magasin par deux vendeurs aux cheveux longs, mâchouillant du chewing-gum et se mouvant élastiquement sur un air des Yardbirds.

I'm not talking,
Well that's all I got to say...
(1963)

Je me sentais honteux de traîner mes parents avec moi.
D'habitude je venais seul, ou avec des copains.
Mon père arborait l'habit de marinier, et tenait fermement sa canne, à la manière d'une épée.
Rapidement, je me retrouvai avec un maxi-manteau sur le dos, exactement celui que je voulais, qui m'allait à merveille.
- Boutonne-le, dit mon père, qui faisait une drôle de tête.
Le vêtement, très ajusté, se fermait avec difficulté.
- C'est un modèle que l'on ne boutonne pas, précisa l'un des vendeurs, rejetant ses cheveux en arrière.
Papa avala bruyamment sa salive.
Maman ne cessait de palper le tissu :
- C'est de la laine, n'est-ce pas ?
- Pure laine vierge, Madame - *Virgin Wool* - regardez, c'est écrit sur la manche.

N'y tenant plus, l'irascible auteur de mes jours pose les deux mains sur le pommeau de sa canne, et se lance dans l'une des tirades dont il a le secret :
- Si je vous comprends bien, jeune homme, vous êtes en train de nous vendre un vêtement, qui devrait, si je ne m'abuse, servir prioritairement à protéger du froid, et qui, arrêtez-moi si j'ai mal interprété vos propos, NE SE BOUTONNE PAS ! Ah ! Ah ! Vous les jeunes, vous m'épatez !

C'est merveilleux ! C'est extraordinaire ! Écoutez ça :
QUI NE SE BOUTONNE PAS !
QUI NE SE BOUTONNE PAS !
Peut-être cet été aurez-vous des maillots de bain en peau de lapin, ou en fourrure d'ours polaire ! Ah ! Ah ! Ah ! Arrêtez ! Vous me faites rire !

Le jeune vendeur, ne sachant que répondre, baissait piteusement la tête.
Il apparut bientôt que, pour mon père, le manteau devait non seulement se BOUTONNER, mais encore pouvoir s'enfiler *par-dessus* une veste. D'où le nom : *pardessus* !
- *Par-dessus* ! Vous comprenez ? Ou dois-je vous faire un dessin ?
Pas besoin de dessin ! Papa réalisait avec amertume que d'étroites pelures, mal taillées, fragiles et dévirilisées, pour ne pas dire plus, étaient en train de supplanter les bons vieux pardingues à la Jean Gabin ou Lino Ventura, de vrais hommes, ceux-là !
Ah quel monde !
- Pourriez-vous aller me chercher le patron ? poursuivit abruptement mon père, qui n'entendait pas enterrer la querelle, ni s'en laisser compter par de jeunes blancs-becs, j'aimerais discuter avec des gens sérieux.

Le patron vint. Un homme d'une quarantaine d'années, élégant, en complet veston, arborant de luxueux boutons de manchettes, les lèvres grasses, visiblement dérangé au milieu du repas.
- Monsieur ?
Mon père réitéra sa conception du pardessus, y ajouta quelques considérations d'ordre climatologique, et finit par énumérer les équipements fournis par l'armée française

quand il avait été envoyé en mission, dans les montagnes du Tonkin.

- Et je puis vous assurer que l'on n'avait pas froid !

Plusieurs clients assistaient, intéressés, à la conversation.

- Vous auriez peut-être... quelque chose d'un peu plus large ? intervint Maman, cherchant à faire diversion.

Contre toute attente, on avait en effet quelque chose d'un peu plus large et "qui conviendrait mieux" au jeune Monsieur que j'étais.

Un étonnant manteau, plié dans du papier de soie, fit son apparition. Il était de longueur conséquente, possédait l'indispensable petite cape, un grand col, se boutonnait facilement, et permettait, en insistant beaucoup, d'enfiler une veste en-dessous. Essayé, tout le monde s'accorda à le trouver parfait.

- On dirait qu'il est fait pour lui, n'est-ce pas ? Demanda le patron à ma mère.

- Et, naturellement, c'est de la laine...

- Mieux que cela, Madame, c'est du vrai *tweed anglais*. Touchez ! La qualité est exceptionnelle. Triple boutonnage (coup d'œil appuyé à mon père), laine peignée, totalement imperméable (coup d'œil à ma mère), série limitée *King of Scotland, First Quality*, nous réservons ces modèles à nos meilleurs clients...

Pour être honnête, le manteau ne me déplaisait pas. Il avait de l'allure avec ses finitions soignées. Un détail cependant me gênait, sa couleur ocre, presque rousse, un peu trop prononcée.

On m'affirma que la teinte bruyère (*heather*) allait s'atténuer avec la lumière du jour.

- Très bien ! On va réfléchir, dit Maman.

- Permettez Madame ! Le vendeur faisait mine de consulter attentivement l'étiquette, nous sommes prêts à faire un

geste tout à fait conséquent si vous prenez l'article tout de suite, c'est très intéressant, une affaire, touchez…
C'était à peine un peu plus cher que le maxi-manteau, mais d'une autre tenue - Il n'était qu'à considérer la qualité exceptionnelle de la doublure…
Maman hésitait, c'est elle qui tenait les cordons de la bourse.
Avec des gestes délicats et précis, l'homme s'était mis en devoir de remiser, sans enthousiasme, le manteau dans son papier de soie.
Cependant, il ajouta comme pris de remords :
- Allez ! J'enlève encore 10 %, Madame, pour votre beau sourire !
Ma mère rougit jusqu'aux oreilles, accepta le marché. Mon père, renfrogné, tirait sur un bouton.

Je suppose que c'est une expérience assez commune, que d'acheter, sous la pression de sollicitations marchandes, un nouvel objet, tout en sachant, plus ou moins consciemment, qu'il ne conviendra pas. Mes parents eux-mêmes avaient acquis une Simca Élysée rouge et blanche, si puérilement bicolore qu'elle leur donna pendant plusieurs années l'impression de conduire un jouet.
Dès que j'eus le manteau sur le dos, je m'étudiai fixement dans la glace, exécutant des demi-tours, et faisant mine de dégainer un six-coups, afin que la courte cape se soulevât sur mes épaules en un mouvement plein de virilité. Cependant, le précieux vêtement ne me semblait plus aussi long, et de ce fait, moins "maxi" que je ne l'avais cru. Par ailleurs, loin de s'atténuer sous l'effet des rayons du soleil, la subtile couleur bruyère - *heather* - avait tendance à devenir carotte - *carrot* !
Quant à l'épais tissu, *King of Scotland,* il me donnait dans le cou et autour des poignets de sérieuses démangeaisons.

Concomitamment, ma coupe de cheveux, finalement rectifiée par un vieux coiffeur de Bollène, que tous les jeunes gens baptisaient Attila - car, après lui, le cheveu ne repoussait pas - avait fait l'objet d'âpres négociations. Les concessions pour conserver ma frange, avaient nécessité une compensation sous forme d'un *massacre à la tondeuse*, à l'arrière du crâne, et autour des oreilles. De profil, j'avais l'air d'un poulet du Sussex !
Au lycée, l'empressement même que l'on manifestait à louer l'élégance de mon nouveau manteau me rendait tout éloge suspect. Je scrutais attentivement les visages, craignant d'y déceler les signes d'une moquerie sous-jacente.
Les choses que l'on redoute finissent inévitablement par advenir un jour ; sur mon passage, j'entendis très distinctement :
- Cot ! Cot ! Côôôt !
Rentré chez moi, mortifié et d'humeur exécrable je regagnai tel un robot ma chambre, claquant les portes, et refusant d'adresser la parole à mon père.
Puis je rangeai définitivement le manteau dans les profondeurs de ma modeste garde-robe.
Il y resta longtemps, jusqu'au jour où, invité à une soirée étudiante, sur le thème du roman policier, le cache poussière se rappelât à mon bon souvenir. Je l'endossai non sans un peu de répugnance ; puis, à défaut de la fameuse casquette à double visière, je mis un chapeau melon, et m'équipai d'une pipe et d'une grosse loupe.
J'obtins un franc succès, qui me valut pour quelques semaines le surnom de *Sherlock*.

Et de même, par les bons offices du grand couturier, Jean-Claude Jezequel, je fis la connaissance d'une fille charmante, fervente lectrice d'Arthur Conan Doyle, avec qui je me livrai, pendant un certain temps, à des enquêtes passionnantes.

*

Le souvenir est comme un appât lancé par ceux que nous avons été.

Les Carillons de la rue Montagny – 1955 - 1965

Après sa retraite d'instituteur, mon grand-père, Paul Chave, s'était lancé dans les travaux d'horlogerie. Plus justement, il réparait les montres ou les horloges de connaissances, voisins, amis, ou membres de la famille. Il le faisait toujours à titre gracieux, par amour de l'art et de ses semblables, et pour que rien ne fût jeté ou gaspillé, en ce bas monde, car il avait connu dans sa jeunesse, l'extrême pauvreté.
Le père Chave - c'est ainsi que l'on nomme facilement les gens à Saint-Étienne, Pépé, pour moi, avait un esprit rigoureux, ordonné, scientifique. La fréquentation des engrenages, barillets, ressorts, le rassurait et le confirmait dans l'idée d'un monde essentiellement concret et mécanique. Il approuvait sans réserve la première proposition de Voltaire, selon laquelle le monde est une horloge. Mais il récusait catégoriquement la seconde : la présence d'un quelconque horloger.
Il était convaincu que la physique permet, non seulement, de comprendre le monde, mais qu'elle éloigne salutairement des contours ambigus du mysticisme, de la spiritualité et de la métaphysique, ce que, dans des élans de dépit, il nommait : fables, bondieuseries et balivernes.
C'était un rationaliste austère. Un jour, alors que j'étais à la petite école, il me demanda si l'on m'avait appris des poèmes. Très fier, je récitai :

"*Une souris verte,*
Qui courait dans l'herbe,
Je l'attrape par la queue,

Je la montre à ces messieurs ;
Ces messieurs me disent :
Trempez- la dans l'huile,
Trempez-la dans l'eau,
Ça fera un escargot tout chaud !" (…)

Il était consterné. Il ne parvenait pas à croire qu'une institutrice, une fonctionnaire de l'Éducation Nationale, une collègue, une émule de Jules Ferry, pût enseigner des inepties pareilles.

Pépé avait installé son atelier sur une petite table, prolongeant celle de la cuisine. Il y avait fixé un étau miniature côtoyant des outils extrêmement précis tels que limes ou poinçons, rangés par tailles dans des plumiers ou des boîtes. Un tiroir plein de pièces d'horlogerie complétait cette installation à laquelle j'avais défense absolue de toucher, ce que je n'avais de cesse de faire, dès qu'il avait le dos tourné. J'aimais surtout la petite burette d'huile de vaseline, qui libérait sur mes doigts un jus gras et translucide à l'odeur douceâtre. Mais, jamais, Pépé ne me grondait ; il maugréait, parfois, de façon à peine perceptible, mains croisées dans le dos sur sa blouse d'instituteur qui désormais lui servait d'habit de travail. Avec moi, il était d'une extrême patience que, tout le monde en convenait, je ne méritais pas.
Je le revois, assis à sa table, entre le grand bahut de style Louis XII, orné de fruits sculptés, à l'odeur d'encaustique, et la grande fenêtre ouverte sur la ville. Il portait sa loupe d'horloger fixée sur l'œil par un mince élastique, et se courbait sur son ouvrage, presque à toucher la table, car il était affecté d'une assez sensible déformation de la colonne vertébrale qui le rendait légèrement bossu, particula-

rité qu'il m'a transmise en héritage, tout à fait involontairement, j'espère.
La maison de la rue Montagny, construite à mi-pente d'une colline, dominait une large portion de la ville. Elle avait été bâtie dans les années 30, sur un plan simple et ingénieux qui devait beaucoup à son propriétaire : garage et caves au rez-de-chaussée, espaces d'habitation au premier, greniers au second. Ces trois niveaux étant reliés entre eux par un jeu savant d'escaliers.
Le jardin, en pente, planté de fruitiers et d'espèces maraîchères, s'étendait par derrière.
En vue cavalière, Saint-Etienne révèle, au premier coup d'œil, son caractère de cité laborieuse : hautes cheminées, cônes brûlés et chauves des crassiers, parmi lesquels les fameuses *mamelles*, à jamais dressées dans le paysage telle la gigantesque poitrine d'un monstre souterrain, immenses entrepôts et ateliers de la Manu[1], aux alignements de toitures à redans, ou *sheds*, évoquant les rouages crantés d'immenses horloges.

Saint-Etienne est aussi une ville de caractère. Quand nous y allions, deux ou trois fois l'an, il n'était pas rare que, sitôt descendus de la 4 Ch., un froid mordant, venu des monts du Forez, se ruât sur la moindre parcelle de chair nues, et la transmutât immédiatement et douloureusement en chair de poule. La pluie y est serrée et pointue, la bruine fréquente et terriblement intrusive. Malheur à ceux qui portent des culottes courtes !
Autre particularisme local, qui, dans un domaine bien différent, saisit le visiteur, c'est l'invraisemblable accent sté-

---

[1] La célèbre Manufacture d'Armes et de Cycle de Saint-Etienne, dont le *catalogue* fit rêver des générations de Français…

phanois, que les gens du cru nomment avec un rien de chauvinisme "l'accent gaga". Il empâte littéralement la bouche, tord les lèvres, distend les muqueuses. Les voyelles nasales y sont torturées avec une cruauté sans égale dans la langue française. J'en donne ici un aperçu maladroit, bien en-deçà de la réalité :
- Eong ey âlléy, eueng treuaing, meuanger â Liyeuon !
(On est allé, en train, manger à Lyon !)
Toute la famille est contaminée : oncles, tantes, cousines, jusqu'à Maman qui retrouve ses intonations de jeunesse au contact de ses frères. On se soule de paroles avec délectation. La moindre discussion atteint des dimensions épiques, on déguste les mots comme autant de mets rares. Il y a quelque chose d'italien dans cette gourmandise. Exception notable : Pépé, qui a conservé le parler rocailleux de son Velay natal.

Il court, il court, l'accent gaga
Dans la bouche de tous les gars
Sur les lèvres de chaque fille,
Dans tous les quartiers de la ville,

Il est bien gras, il est bavard,
Il se répand dans tous les bars,
Des troquets, au buffet d'la gare
Du Cours Fauriel à Geoffroy Guichard !

Veut-on d'autres aspects de la vie stéphanoises en cette fin des années 50 ? Dans certaines banlieues, d'immenses barres de HLM remplacent les derniers bidonvilles. L'une de ces constructions, mesurant plus de 250 mètres de long a été baptisée "la Muraille de Chine".

Je demande à Maman s'il y a des chinois qui habitent dedans.

Partout en ville, on boit des "canons" [caneuons] de *gros rouge*. A cette époque, la préfecture de la Loire s'enorgueillit du double record de France de la consommation d'alcool et du nombre de débits de boisson. Il n'est pas rare que des maisons particulières ayant "salon sur rue" fassent office de bars. Pour "seuang jeuter eung" (s'en jeter un), c'est l'embarras du choix !

L'omniprésence de la poussière de charbon qui recouvre de noir, jusqu'à l'intérieur des maisons est une autre caractéristique locale, et non des moindres. Un objet posé, puis soulevé, agit à la manière d'un pochoir. Pour la police, c'est une aide précieuse dans certaines enquêtes !

La pluie de suie est incessante. Dans certains quartiers de la ville, ce sont les habitants eux-mêmes qui portent, sur la peau, et dans leur chair, les stigmates indélébiles de la houille : "gueule noire" et silicose, sont le sort du mineur...
Saint-Etienne n'est pas une ville touristique !
Maman n'aime pas que je le dise.

Je couchais dans la salle à manger, sur un petit lit qui avait été celui de mon oncle René. La pièce, ombreuse, ouvrait au nord, sur le rez-de-jardin, et n'était plus utilisée dans sa conception initiale, jugée trop cérémonieuse. Elle sentait fortement la cire, mais aussi les pommes, les poires, les coings, ainsi que les fromages, rangés dans un garde-manger, tels des oiseaux en cage, et entreposés au bas de l'escalier, désormais condamné, qui menait au second. La table, épaisse, moulurée, monumentale, et les chaises cloutées, habillées de faux cuir de Cordoue, de pur style Henri II, en occupaient le centre. Relique d'un sommeil marqué de cauchemars de guerre, une commode en chêne portait, tel un stigmate, la trace d'une balle de pistolet tirée par mon oncle René, une nuit de frayeur. Une haute bibliothèque vitrée se dressait contre un mur, surchargée d'ouvrages, que je consultais avec avidité.

Chez nous, à Bollène, les livres étaient rares. Il n'y avait, au Bousquéras, que trois volumes imposants, solidement reliés, probables reliquats de quelques récompenses scolaires, que je lisais et relisais dans la mesure de mes capacités : une épaisse biographie du *Maréchal Foch*, homme imposant à grandes moustaches, dont la vie ne me passionnait pas, quoiqu'elle fût riche et glorieuse ; une volumineuse *Prise de Constantinople par les croisés*, d'après Villehardouin, illustrée façon *troubadour*, et offrant à l'imagination des orients tristes, des beautés languides, des cruautés académiques ; Un épais *Don Quichotte*, enfin, et son accompagnement fabuleux de gravures par Gustave Doré. Le livre, très difficile à lire, me faisait peur. Les personnages semblaient se consumer d'un feu intérieur qui les entraînait dans des aventures tragiques. Je me faisais violence pour ouvrir l'énorme ouvrage poussiéreux, puis le refermais violemment dès qu'agissaient sur moi son implacable mélancolie, son ironie amère.

Chez mon grand-père Chave, beaucoup de livres étaient des œuvres d'illustres écrivains, russes pour la plupart : Dostoïevski, Gorki, Tolstoï… mais on trouvait aussi une multitude d'opuscules de propagande soviétique issue d'obscurs thuriféraires bolchéviques : "*Synthèse des décisions du 24e Congrès du PCUS - La production de réveils au Kirghizstan - Les bénéfices de la réforme agraire en*

Khakassie orientale... les grands discours du camarade Joseph Vissarionovich Stalin, Petit Père du peuple "...

On l'aura compris : mon grand-père, était tombé dans la marmite écarlate du marxisme-léninisme dès son jeune âge, et n'en était jamais ressorti.
Il faut reconnaître que tout l'y préparait.
Issu d'un milieu pauvre d'austères calvinistes de Haute-Loire, il avait découvert dans le seul livre auquel il avait eu accès, la Bible, un catalogue de contes épouvantables, de crimes atroces, de perversions insoupçonnables, qui lui avaient donné d'horribles cauchemars, le détournant à jamais de toute croyance religieuse.
De surcroît, pour ajouter au désordre de son esprit, ses origines mêmes constituaient l'un de ces secrets de famille si fréquents dans les siècles passés. On le disait issu d'un hobereau local qui aurait entretenu des liaisons ancillaires avec mon arrière-grand-mère. On prétendait, de même, que ces antécédents furtifs auraient valu à l'adultérine progéniture, sinon une reconnaissance paternelle, du moins certains privilèges, tel un accès aux études secondaires dans un pensionnat du Chambon-sur-Lignon, et, plus tard, une protection en haut lieu, lorsque mon grand-père avait été limogé à Limoges (il en était très fier), en 1942. Mais tout cela baignait dans un flou ténébreux, d'où émergeaient parfois sous-entendus et commérages.
Un jour, alors que nous vivions à Reims, Papa s'était amusé à taquiner Maman :
- Ah, c'est vrai, vous autres, à Saint-Etienne, vous avez du sang bleu !
Elle avait levé les yeux au ciel, d'un air las.
Moi, j'étais stupéfait. Maman, du sang bleu ! Cela me paraissait extraordinaire et terriblement dangereux.

J'imaginais avec horreur son sang coulant comme de l'encre.
Dès que je pus, je demandai des explications à mon père :
- Dis, Papa, le sang bleu, c'est grave ?
Embarrassé, il me fournit des réponses confuses :
- Mais non, mon petit, tu comprendras quand tu seras plus grand... Un sang en vaut un autre !

D'un autre côté, l'élément le plus déterminant dans les choix idéologiques de mon grand-père, fut, sans conteste, la balle reçue dans la bouche, sitôt au front, en 1917, un projectile bloqué dans les sinus, dont on voyait encore l'entrée sous la pommette gauche. Bien qu'excessivement malvenue, la redoutable ogive lui avait sauvé la vie, l'éloignant de ce qu'il nommait : "l'atroce boucherie du champ de bataille" !
Rien de plus naturel que, quelques mois plus tard, la *grande révolution d'octobre*, lui apparût comme le commencement d'une ère nouvelle. Les peuples, enfin, se soulevaient contre la tyrannie, s'élevaient contre les marchands de canons ! Pour cet homme, jeune, meurtri dans sa chair, ce fut une révélation, qui donnait un sens à la vie. Les sentiments qu'éprouvèrent les révolutionnaires de 1917 devaient être assez comparables à ceux des tout premiers chrétiens ; mais, cette fois, la promesse hypothétique et lointaine du royaume des cieux, faisait place à celle, plus tangible, d'un paradis sur terre, de lendemains qui chantent et d'avenirs radieux.
"Mieux vaut tenir que courir", proclamaient les premiers communistes.

Pour que le voleur rende gorge
Pour tirer l'esprit du cachot

*Soufflons nous-même notre forge
Battons le fer quand il est chaud*[1]

Mais les feux des idéaux ternissent, et, faute de promesses tenues, la foi, félonne, devient aveuglement.
Un jour, au cinéma, pendant les *actualités*, mon oncle René avait vu un spectateur applaudir un discours de Staline, en russe ! C'était Pépé !

*

J'ai toujours eu du mal à m'endormir le soir[2]. Dans le petit lit de la rue Montagny, installé dans la salle à manger, cela relève de l'exploit. Il fait trop chaud sous l'édredon, et les antiques draps de lin, tout juste sortis de l'armoire, râpent la peau comme des limes.
Ce n'est pas tout ! Pépé a l'habitude de remiser ses horloges dans la salle à manger, avant de les restituer à leurs propriétaires. Elles occupent les murs, et le dessus des meubles, remplissant l'espace de leur Tic-Tac, Tic-Tac, comme des criquets mécaniques. De nos jours, on a perdu le goût de ces volubiles compagnes qui tintent haut et fort. Il en existe de diverses espèces, que l'on pourrait classer selon une forme de hiérarchie sonore : comtoises ventrues au sons grave, élégantes "parisiennes" dans leurs atours de marbres et de bronzes, carillons volubiles, toquant les demis et les quarts. Sans oublier l'impertinent coucou, qui, tel un diable, sort de sa boîte pour narguer le dormeur.

---

[1] D'après un poème d'Eugène Pottier, qui, mis en musique par Pierre Degeyter en 1888, deviendra l'*Internationale*.
[2] Je suis assez fier de cette phrase proustienne qui n'est pas sans faire écho au très fameux : "longtemps je me suis couché de bonne heure". (La comparaison s'arrêtant là, bien sûr).

Qu'on se les imagine, tous réunis pour les douze coups de minuit, carillonnant à la volée, et se répondant, avec d'infimes décalages, en un concert atrocement cacophonique :

Ding ! Ding !
Dong !
Tinc ! Tinc !
Tong ! Tong !
Gling ! Glong !
Coucou ! Coucou !

Privé de sommeil, je quittais mon lit, veillant à ne pas faire craquer le parquet, pour explorer, encore et toujours, la bibliothèque qui ne cessait de me fasciner. C'est ainsi qu'un jour, je découvris, dissimulés parmi de vieux papiers, quelques fascicules intitulés : *libération des camps d'Auschwitz-Birkenau par l'Armée Rouge.*

Aussitôt, c'est un choc indicible ! Voici projetées d'insoutenables images dans mon esprit d'enfant. Je suis confronté avec la mort sans fard, la nudité crue, la violence extrême, au-delà de toute humanité ! Des amas de dépouilles blafardes emplissent d'innombrables fosses communes, dégorgent de wagons, s'entassent en de diaboliques danses macabres. Ce sont des êtres humains, nos semblables, nos frères, ramenés à l'état de déchets. Je suis assailli d'effroyables visions. Je pleure, je suffoque ! Pourtant ces scènes insoutenables, révoltantes, me fascinent aussi. C'est l'aspect inavouable de la nature humaine qu'il m'est donné de contempler, en même temps que je le découvre, tapi quelque part en moi-même moi-même. Je ne puis refouler une curiosité morbide. J'ouvre et ferme les

fascicules. Mon esprit bute sur la réalité de ces images comme une mouche sur une vitre. Les visions persistent quand je ferme les yeux. Il n'y a pas de gomme pour effacer l'Histoire. Adieu sommeil !
Tic-Tac, Tic-Tac.
Coucou ! Coucou !
Je serre les poings :
- Ah, si, un jour, je te rencontre, Grand Horloger !

J'ai passé, chez mon grand-père de nombreuses nuits d'insomnie, sans jamais l'avouer à quiconque, laissant libre cours à ma curiosité. Outre les abominables carnets, la bibliothèque regorgeait de trésors dont la découverte me dédommageait amplement de mon sommeil perdu. Des rayonnages entiers de *sciences et voyages* me projetaient dans des contrées remplie de fauves, et de femmes aux seins nus !
Avec passion, je plongeais dans l'énorme *Encyclopédie médicale Larousse,* abondamment illustrée d'ulcères, de chancres, de purulences, et découvris, scellées dans une enveloppe, quelques photos friponnes, qui firent abondamment œuvrer mon imagination.
J'exhumais encore d'un coffret charbonneux la correspondance de mon oncle René, lorsqu'il était maître d'école, au Maroc, alors *Empire Chérifien,* un peu après la guerre. Ses lettres, couvertes d'une belle écriture, étaient autant de petites nouvelles pleines de fantaisie et de verve.

Sinistre coup du sort, accident bête et définitif, en 1970, notre oncle bien aimé mourut, à cinquante ans, renversé par une automobile, la roue avant de son cyclomoteur coincé dans les rails du tramway. Ce fut un vrai séisme dans la famille. Il est des êtres dont la perspective du trépas paraît d'autant plus improbable et injuste qu'ils possèdent en eux un formidable appétit de vivre.

Dès lors, je quittai la salle à manger, et couchai dans l'ancien grenier, fraîchement transformé en appartement par mon oncle. Je fus enfin libéré du Tic-Tac des horloges, qui, par ailleurs, connaissaient, à cette époque, une désaffection.

Pépé occupa la maison jusqu'à la veille de sa mort, en 1982, à 96 ans.
Cette année-là, mes parents passaient les vacances à Sanary-sur-Mer, quand mon grand-père, d'une manière inopinée, leur demanda d'aller le chercher à la gare. Il avait mis un vieux costume gris, ce qui n'était, ni de saison, ni dans ses habitudes. Toute la soirée, il disserta avec entrain sur les progrès du Socialisme, rit de bon cœur, mangea des crevettes avec d'autant plus d'appétit qu'elles venaient de Cuba, puis alla se coucher, refusant avec insistance d'enlever le costume.

Le lendemain, comme il tardait à se lever, mon père entra dans la chambre, et ressortit tout pâle :
- Pépé nous a quitté, dit-il.

Sa dernière heure avait sonné.

*

Galerie de portraits flous

Pépé, Maman, et mon oncle René
tenant dans les bras l'auteur de ce livre

Oh mon bateau
Te es le plus beau des bateaux
Et tu me guides sur les flots
Vers ce qu'il y a de plus beau
Tu es le plus beau des bateaux
      Eric Morena – Alexandre Desplat - 1987

Il était un (très) petit navire

Je ne peux compter au nombre des souvenirs d'enfance cet épisode qui advint près du barrage hydroélectrique de Bollène (Vaucluse) ; les protagonistes étaient bien trop âgés, quoique qu'ils fussent, mentalement, loin d'être des adultes...

Mes parents avaient fait l'acquisition d'un appartement de vacances à Sanary-sur-Mer, sur la côte varoise, villégiature recherchée des Bollénois, et, dans la foulée, acheté une embarcation pneumatique qu'ils avaient, pour une raison obscure, baptisée Zozo. Cet objet flottant, auquel j'hésite à attribuer le nom de *bateau*, pouvait embarquer quatre personnes, au maximum, et constituait ce que l'on trouve de plus modeste parmi les moyens de navigation, juste après les bouées et les matelas pneumatiques. Il n'en répondait pas moins chez mon père, aviateur retraité, à une envie longtemps inassouvie de se mesurer à l'élément liquide.
Il correspondait également à un besoin d'accomplissement social d'autant plus indispensable qu'inutile.
Car, dans les sociétés consuméristes, le superflu devient nécessité.
Sur un autre plan, sans qu'il voulût se l'avouer, et qu'il se prétendît *de gauche*, l'acquisition de Zozo le faisait entrer

dans un certain milieu, un cercle d'initiés, un club fermé au vulgaire boviplanchiste[1] !

Peu après son achat, il se mit à arborer une casquette de marinier qui semblait n'avoir jamais quitté son chef, et lui allait magnifiquement bien. Avec sa canne et son caban, il arpentait les quais de Sanary, tel un vieux loup de mer.

Zozo connut une carrière maritime extrêmement modeste, et quasiment fantôme. A ma connaissance, il ne naviga qu'une seule et unique fois en baie de Sanary, avec à son bord, mon skipper de père, accompagné de Mr Grandier, son ami.

D'après les échos que j'en eus, ce fut, avec un élément en moins, une aventure digne du célèbre roman : *Trois hommes dans un bateau,* de Jerome K. Jérome.

Après une mise à l'eau harassante ayant mobilisé le concours de Mme Grandier et de ma mère, qui jugeaient l'aventure trop hasardeuse pour y participer, le canot avait atteint péniblement la zone navigable, où, presque aussitôt, des algues spaghetoïdes, s'enroulant autour de l'hélice, l'avait immobilisée irréparablement.

Il avait fallu souquer ferme, avec l'unique pagaie du bord, pour rejoindre la plage.

Désormais délaissé, à Sanary, Zozo encombra le garage, obstruant copieusement l'espace, avant d'être rapatrié dans notre maison familiale, à Bollène, où il encombra mêmement un autre garage. Car tel est le destin des bateaux inutiles.

---

[1] Littéralement : ceux qui foulent le plancher des vaches.

Les choses en restèrent là pendant de nombreuses années. Jusqu'au jour où, Papa, pris d'une inspiration soudaine, profita des quelques jours que nous passions, Ghislaine et moi, en vacances à Bollène, pour proposer que le canot reprît momentanément du service.
Ne possédait-on pas, tout près de la maison, un immense plan d'eau, exempt de tout tourisme ? Le Rhône !
N'étais-je pas tenté, moi, qui méconnaissais l'expérience unique d'une croisière familiale, d'affronter le grand fleuve chanté par Frédéric Mistral ?
Je le fus, par dévotion filiale !
Il fut décidé que nous embarquerions près de l'usine André Blondel, dans laquelle mon père avait exercé les fonctions de gardien, puis d'éclusier, quelques années plus tôt.
Le lieu choisi, en amont de l'usine, n'avait rien d'un éden exotique. Le segment fluvial, qui pouvait, avec beaucoup d'imagination, s'apparenter à un bassin nautique, était dominé par les structures bétonnées de l'usine, dans la manière brutaliste.
Le plan d'eau, lui-même, avait été divisé, dans sa longueur, par un ponton, bâti sur pilotis, de quelques centaines de mètres. Côté berge, le courant allait mourir sur une grève encombrée de branchages roulés ; au-delà du ponton, un flot puissant alimentait les installations électriques.

L'usine André Blondel fait partie d'un gigantesque ensemble de constructions industrielles destinées à réguler le cours tumultueux du Rhône. Le bâtiment central, construit sur le canal de dérivation Donzère-Mondragon, mesure, à lui seul, 350 mètres, et abrite six énormes turbines d'une puissance de 2 milliards de kWh.

Le jour dit, le temps est gris. Une petite brise balaye le chenal. Papa, Maman, Ghislaine - mon épouse - et moi-même, prenons place dans le petit canot que pilote mon père. Un clapot nerveux se vaporise en gouttelettes glacées qui nous trempent jusqu'à la moelle. Zozo crachote ses bouffées gazeuses aux effets irritants. Le fleuve exhale des remugles soufrés.
A contre-courant, balloté par les flots, l'esquif se meut parmi les blocs cyclopéens de l'énorme barrage.
A peine avons-nous parcouru quelques laborieux hectomètres, que mon père, lâchant la barre, laisse l'esquif s'immobiliser au milieu du chenal.
- Regardez, dit-il, bras tendu, voici le Tricastin.
A gauche, c'est-à-dire à bâbord, comme les circonstances nous autorisent momentanément à le dire, les cheminées cyclopéennes de l'usine atomique élèvent vers les cieux leurs panaches jumeaux. Plus loin, jusqu'au lit naturel du Rhône, aux frontières du Gard et de l'Ardèche, s'étend l'immensité des plaines alluviales, piquetée de gros bourg endormis : Pont-Saint-Esprit, Bourg-Saint-Andéol, Lapalud, Pierrelatte…
- Mes parents possédaient là quelques arpents de terre, avant que la Compagnie du Canal ne les nationalise, commente Papa, nonchalamment accoudé au boudin du canot.
Du côté droit, à tribord, cette fois, s'étire la longue échine de la colline de Barry, dernier bastion des Alpes dominant le sillon rhodanien. C'est là, cachée sous le lourd manteau forestier de pins et d'yeuses, que se trouve notre maison du Bousquéras, entourée de mystérieux avens, de carrières profondes et de ruines immémoriales.
Plus près, sur les berges inclinées du canal, un émissaire bétonné exsude le jus noir de mille rigoles domestiques.
- Regardez, dit Papa, c'est là qu'il m'a mordu.

On se regarde avec étonnement.
- Le castor ! précise-t-il, une lueur fugace de fierté éclairant son visage.

La brise forcit et le clapot s'accroît.
En silence, Ghislaine boutonne son manteau, attentive à ne pas troubler l'harmonie familiale.
- Il commence à faire frisquet, dit Maman.

- Tiens, prends la barre pour rentrer, me dit abruptement mon père.
Cette inattendue passation de pouvoir revêt quelque chose d'initiatique et solennel.

Le sort tomba sur le plus jeune,
Le sort tomba sur le plus jeune,
Ohé ! Ohé ! Ohé !
Ohé ! Ohé ! Matelots ! ...»

Je n'ai jamais conduit un bateau de ma vie, mais j'ai vu mon père jouer de l'accélérateur, comparable à celui d'une motocyclette. A priori, rien de bien compliqué.
La seule difficulté, c'est que, les commandes étant situées dans mon dos, mes réflexes s'en trouvent inversés !
Croyant mette le cap, à droite, vers la rive, je tourne à gauche, vers le ponton.
De la même façon, au lieu de ralentir, j'accélère !
Zozo, comme s'il retrouvait un regain de jeunesse, se cabre, puis, paraissant se libérer d'années de frustration passées dans le garage, caracole hardiment vers le large.
- Freine ! crie Maman, qui pressent le danger.
- Attention ! hurle Ghislaine, nous fonçons, tout droit, sur le ponton !

- Mais, bon sang, qu'est-ce que tu fiches ! s'emporte mon père. A tribord !

Je triture en tous sens la manette, mais le bateau ne répond pas. Le courant, très puissant, nous entraîne inexorablement vers le large. Nous sommes sur le point de franchir la jetée, entre les pilotis !
Au-delà, le flot tumultueux du Rhône se précipite vers l'écluse, haute de 26 mètres – record d'Europe – et les six turbines Kaplan, d'un débit de 2000 m3/s, qui broient l'eau de leurs titanesques mâchoires ! Nous allons être engloutis comme fétus de paille !
Des bribes de titres de journaux défilent dans ma tête :
Canot de la Méduse !
Titanic Pneumatique !
Trafalgar rhodanien !
Nous sommes tout prêts de sombrer, corps et âmes !
Tout est perdu !

Adieu les gars de la marine !
Du plus petit jusqu'au plus grand,
Du moussaillon au commandant...

Zimbalazim boum boum
Tra la la la la la
Zimbalazim boum boum
Tra la la la la[1]

Miracle ! le flot s'apaise ! Notre sort a-t-il ému le Dieu des Nautes, qui n'est autre que Jupiter, en personne, ou Sainte Catherine, patronne des marins, nous observant du haut du

---

[1] Chanson de corsaire – Le grand Hurleur (1837)

clocher de Saint-Pierre ? Zozo a ralenti, et redressé sa course ! Nous voici de nouveau en lieu sûr !
Je me tourne triomphalement vers mon père :
- Papa, nous...
Mon père n'est plus là ! Disparu ! Volatilisé ! On a perdu le capitaine !
- Regardez, le voilà ! dit Maman.
Papa est suspendu à la rambarde du ponton, de l'eau jusqu'à la taille !
- Vous n'allez pas me laisser ici, à me geler les berlingots ! fulmine-t-il, le regard furibond.
Précisons au passage qu'il affectionne les expressions plus ou moins familières, souvent anatomiques :
Mesurer ses abattis
Mettre les pieds dans le plat
Faire une belle jambe
Ne pas avoir les yeux dans la poche
Avoir la langue bien pendu
Prendre des vessies pour des lanternes
Tailler les oreilles en pointe
Avoir les côtes en long
Ne pas se moucher du coude
Voler dans les plumes...

Précisons encore que ces expressions ont la particularité de faire rire aux éclats ma mère :
- Ah ! Ah ! Les berlingots, glousse-t-elle. Ah ! Ah !
- Quand vous aurez fini de rire, ou de disserter sur le vocabulaire, n'oubliez pas de me récupérer, braille le suspendu. Et bougez-vous le popotin, mille millions de mille castors !
- Ah ! Ah ! Le popotin ! Ah ! Ah !
Maman a la fâcheuse habitude de s'esclaffer à mauvais escient. Sans doute à cause de ce que nous pourrions

nommer une forme de *dyslexie affective*, due à son extrême sensibilité. Je l'ai vu *prendre des fous-rires* dans des circonstances totalement inattendues. Comme lors d'un enterrement, quand le cercueil avait plongé, tel un sous-marin, dans la fosse inondée par les pluies.

Avec une infinie circonspection, et sous la surveillance étroite de ces dames, je véhicule le canot jusqu'au lieu de la sustentation, où, après moultes manœuvres, éclaboussures, et force remous, nous récupérons le naufragé mouillé des pieds jusqu'à la tête !
- Ah ce n'est pas trop tôt, vous me paraissez dégourdis comme des manches à balai ! Au moins on peut compter sur vous, marins d'eau douce !
- Mais... que fais-tu, accroché là ? demande Maman.
Il nous explique, avec toutes les marques d'un courroux contenu, qu'en se suspendant au ponton, il a pu détourner le bateau de sa course, mais qu'au dernier moment, poussé par le courant, Zozo s'est dérobé sous lui, l'abandonnant dans son inconfortable position pendulaire.
- Et vous étiez, bien sûr, trop absorbés à sauver votre peau, ajoute-t-il, pour vous rendre compte de ma disparition !
Brave Papa ! C'est grâce à lui que nous sommes vivants !

Nous regagnons nos pénates penauds. Dans la voiture, nos vêtements mouillés dégagent une vapeur qui transforme l'habitacle en sauna. Zozo, en compagnon fidèle, nous suit dans la remorque. De temps à autre, Maman laisse échapper de courts hoquets, réfrénés avec peine.
 - Ah ! Ah ! Les berlingots ! Ah ! Ah !
Papa, les mâchoires serrées, se tient coit, assis sur la minuscule serviette qu'on avait amené "au cas où".

Maman rit,
Et Papa bout !
Dans mon coin, je me fais tout petit, craignant de ranimer les foudres paternelles.

Zozo retrouva son garage, puis, garni de chiffons, servit de panier pour les chiennes. Vieilli, usé, griffé, mordu, crevé, il fut décidé d'abréger sa détérioration (j'ai failli dire ses souffrances). On procéda à une forme d'euthanasie que dans le domaine des pneumatiques on nomme : *dévulcanisation.*

Vers un monde caoutchouté
Zozo s'en est allé
En chewing-gum il s'est changé !
 Ohé ! Ohé ! Ohé !

Dans une bulle il est rentré
Mais il a éternué
Et la bulle a éclaté
 Ohé ! Ohé ! Ohé !

Le pauvre Zozo est tombé
En un grand vol plané
Et sur mon nez il s'est collé !
 Ohé ! Ohé ! Ohé ![1]
  *
Ah, bon Dieu, qu'c'est embêtant
D'être toujours patraque

---

[1] Zozo sauvé des eaux – Chanson enfantine

Ah, bon Dieu, qu'c'est embêtant
Je n'suis pas bien portant

Chanson de Gaston Ouvrard et de Vincent Scotto – (1932)

Œdèmes, moi non plus !

Le mois dernier, en mettant mes chaussettes, je me suis rendu compte que j'avais les chevilles gonflées ; elles étaient boudinées et rosâtres. En appuyant dessus, elles prenaient l'apparence du blanc de poulet. C'était moche !

J'étais assez inquiet mais préférai n'en rien dire à personne. Ma femme se serait inquiétée attribuant mes chevilles gonflées à des excès de table, et aurait immanquablement exploité la situation pour me mettre au régime. Adieu pâtés ! Adieu lardons ! Fini le temps béni des andouillettes ! Je ne tenais pas non plus à ce que mes soucis de santé fassent l'objet de commentaires et alimentent les commérages :
- *Vous savez, mon grand-père avait, lui aussi, les chevilles gonflées, mais gonflées ! On est très "chevilles gonflées" dans la famille.*
- *Le mien ne pouvait plus enfiler ses chaussures. Il avait fallu l'amputer d'un orteil !*
- *Avez-vous essayé de dormir les pieds enveloppés dans des feuilles de choux ? On prétend que c'est très efficace.*

Nos maux font le miel des autres !

A part moi, je me disais que, si mes chevilles gonflaient, elles pouvaient aussi bien dégonfler, selon un système comparable à celui des marées.
- J'ai les chevilles qui dégonflent !

Deux jours après les premiers gonflements, je reçus un message sur mon compte FlaskBook :

Yves LAFONT
VOUS AVEZ LES CHEVILLES GONFLÉES !
Essayez ce nouveau traitement
Par le Professeur Gradubout,
Phlébologue diplômé.
http:/laboratoire.gradubout.avignon.fr

Une idée amusante me traversa l'esprit. Je me figurai le docteur Gradubout en employé d'une station-service :
- Je contrôle aussi la pression des genoux ?

Bien entendu, je me gardais d'ouvrir le message reçu.
Comme dit un rappeur fameux dans ces vers célèbres : "quand on s'balade sur le net, les spams s'ramassent à la brouette".
Le message devait provenir de l'une de ces officines pharmaceutiques un peu glauques qui râclent le fond de la toile en quête de potentiels patients.

Le lendemain, j'avais toujours les chevilles gonflées, avec des traces de zébrures violettes. Pourtant, je persistai à le dissimuler.
Je m'habillais d'un vieux jogging, et, prétextant un refroidissement, et gardais mes chaussettes au lit !
Ghislaine :
- Mais que fais-tu, Yves ! Ce n'est pas très excitant de dormir avec un homme en chaussettes, tu sais ?
- Certainement plus excitant qu'avec un type souffrant de rhinopharyngite ! lui assénai-je, en reniflant.
Elle soupira et me tourna le dos.

D'autres surprises m'attendaient.
Le lendemain, en ouvrant mon courrier, je trouvais ce nouveau message :

Maître ABOBO d'Abidjan,
Sait tout, GUÉRIT TOUT :
Fuites urinaires,
Règles douloureuses, Perte de clés,
Chagrins d'amour,
CHEVILLES GONFLÉES !
Résultats garantis - Discrétion assurée.

J'étais célèbre jusqu'en Afrique !
Et pas au bout de mes surprises !

Durant les heures qui suivirent, mes chevilles firent l'objet d'un flot de sollicitude, sous forme de :
- Pommades, lotions, vaccins, prothèses, eau miraculeuse...
- Cure thermale (à Chevilly, Loiret, ça ne s'invente pas !)
- Acupuncture (Ah, non ! Merci ! Je n'en ai cure !)
- Hypnose : ("*Et maintenant, Œdèmes, dégonflez !*")
- Stages de rééducation (Travail - Chevilles - Patrie)

Tout cela devenait inquiétant.
L'être humain est fait de telle sorte que l'absence de sens le plonge dans un grand désarroi. Cessant d'être guidé par l'aiguillon de la raison, son esprit se dissipe et s'égare, s'obscurcit et plonge dans les ténèbres !

Troublé, je menai mon enquête, tenant à savoir combien il entrait de coïncidence dans l'avalanche de propositions qui m'étaient adressées, et quelle était la part de contingence liant les faits entre eux.

J'appelai une amie, qui travaillait à l'Institut National de Statistiques de l'Outil Numérique (INSON : Mieux connu sous le nom de "Machin") pour m'indiquer - le plus discrètement possible - combien d'usagers, de sexe mâle, habitant la région d'Avignon, avaient été sollicités pour des thérapies touchant au **gonflement des chevilles** pendant les dernières semaines.
Elle m'informa par retour du courrier que, seules deux personnes, dans le département du Vaucluse, avaient été contactées durant ladite période, pour œdèmes des membres inférieurs, dont une pour piqûre de guêpe.
Indiscutablement, j'étais victime privilégiée d'un harcèlement numérique !
Dans une stratégie de contre-hameçonnage, j'explorai la réactivité des réseaux par des requêtes en forme de leurre que je notai sur mon moteur de recherche :
Mal au doigt.
Mal au doigt traitement
Mal au doigt médicaments
Mal au doigt douleur
Mal au doigt douleur insupportable
Mal au doigt, putain, qu'est-ce j'ai mal !

Je reçus systématiquement cette réponse assez sèche :

VOUS N'AVEZ PAS MAL AU DOIGT ! Yves LAFONT
Mais les chevilles qui gonflent !
- Cessez de poser des questions inutiles, et faites-vous soigner !

J'étais découragé, victime d'une épouvantable machination numérique, pilonné de spam, bombardé de pop-up, irrémédiablement prisonnier de la toile, tel un moucheron misérable.

Dans l'après-midi, je pris la résolution d'aller voir un excellent ami, Didier M*, retraité de l'informatique, ex hacker, geek de la première heure. Je le trouvais devant un mur d'écrans, la tête rejetée en arrière, l'index touchant le nez, dans une position d'intense réflexion, à la manière des scientifiques.
Il dormait.

Quand je lui eus raconté mes soucis de santé et les persécutions dont j'étais la victime, il hocha gravement la tête et me dit :
- Nous sommes à un tournant de l'intelligence artificielle, toujours plus puissante et plus envahissante. Incroyable ce que, de nos jours, on peut faire ! Les Chinois sont capables de planifier des suicides à distance. Tu te rends compte, des suicides ! Ici on est beaucoup plus, disons, altruistes... Même la Sécu utilise de puissants algorithmes...
Du bout des doigts, il tapa mon nom sur son ordinateur...
LAFONT... Yves... Voilà !
Le panda géant du fond d'écran fit place à la photo d'un sexagénaire posant devant une dinde énorme entre deux potirons. C'était moi !
- Halloween 2018, Rôtisserie des Halles, la volaille faisait ses huit kilos, commenta mon ami, non sans admiration.
Je me souvins que mon neveu avait pris ce cliché, puis l'avait posté sur FlaskBook. J'avais le teint jaune, une sale mine.
- Tiens, regarde sous la photo, reprit Didier, c'est ton identifiant, on dirait un code-barre, mais le concept est sensiblement différent. Le système est rédigé en Sloopy24B-8, il donne accès à ton profil P.T. : Potential Target : cible potentielle, prononcer Pi Ti, dans notre jargon : P.P. : Poire Potentielle ! Hi ! Hi !

Et là, en plus petit, c'est ton taux de cholestérol ! Ah ! Ah !
Je n'avais pas envie de rire.
D'un clic, il ouvrit le dossier.
Il y avait des pages entières de hiéroglyphes et de rares photos. L'une était tirée d'une page du journal *la Provence* : "Fête de la truffe à Richerenches". J'y figurais au premier plan, un tubercule en main, l'air benêt, satisfait de moi-même.
- Et ça rime à quoi, tout ça ! maugréai-je, cachant mal ma contrariété.
Sans répondre, Didier me considéra avec une moue amusée, et fit encore défiler des tableaux.
- Ah ! Ils t'ont bien ciblé, conclut-il, tu fais un excellent P.T. (Potential Target) ! Carton plein ! Jamais vu ça ! Regarde, là, tu es en train d'acheter de la tête de veau ! Ils ne t'ont pas raté ! Ah, ça ! je n'y crois pas ! De la tête de veau !
De l'index il martelait la table :
- De la tête de veau ! Ah ! Ah !
Il se leva, disparut un instant, et revint avec une bouteille de scotch et des verres.
- Tiens, bois un coup, ça te fera du bien.
Il s'éclaircit la voix :
- Pour revenir à ton affaire, tu es tracké depuis des mois, non, comme tu le penses, sur des requêtes du type # Santé # Maladie # Diététique, mais plutôt genre # Charcuterie # Épicerie fine, # Œnologie. Tu vois ? Et là, ils sont sûrs de ne pas se tromper ! Tu es une cible rêvée !
Prévoir, ANTICIPER ! Malin, non ? Extrêmement malin ! Une mine, un filon, un énorme filon !
- Et moi, dans tout ça, je fais quoi ? m'enquis-je.
- Toi ? Il parut ennuyé, et me mit la main sur l'épaule. Te connaissant, ça m'embête de te le dire…

- Vas-y quand même, au point où j'en suis… lâchai-je.
- Eh bien, la seule alternative que je puisse te suggérer, c'est d'aller - il hésita quelques secondes - consulter un docteur !
J'accusai le coup, durement. J'étais trahi par mes propres amis !
Nous bûmes un autre verre. Un single malt de haute qualité. Il avait d'excellentes bouteilles.
- j'évite de les commander sur le net, précisa-t-il, je n'ai pas envie de me faire harponner !
Je rentrai chez moi, abattu. Il pleuvait. De grosses taches d'humidité dessinait sur les murs des formes indécises. Un chat miaulait.
Malgré les conseils de Didier, je persistais dans le refus, trop humiliant, d'un recours à la médecine. J'étais sûr qu'il restait un espoir. A Lourdes, un pèlerin, présentant de monumentales bouffissures aux membres inférieurs, avait été guéri…
En rentrant, j'eus du mal à ôter mes chaussures. A l'enflure de mes chevilles, s'ajoutaient des picotements plutôt désagréables. De fins lambeaux de peau, dégageant une odeur fétide, se détachaient ici ou là de mon épiderme meurtri. J'allai me coucher sans manger, je n'avais pas très faim.
Le lendemain matin, En allumant mon ordinateur, j'éprouvai une curieuse appréhension.
Un message s'afficha aussitôt à l'écran :

Préparez MAINTENANT vos obsèques
Car demain il sera trop tard
Maison SANRETOUR
Enterrements de première classe
Prestations étudiées - Service soigné.

Je courus jusqu'à la cuisine où Ghislaine était en train d'éplucher des courgettes.
- Chérie, j'aimerais te dire quelque chose…
Elle parut étonnée :
- Je t'écoute.
- Tu sais, l'autre jour, tu m'avais parlé d'un régime…
Dans son regard, je lus de l'inquiétude :
- Il t'est arrivé quelque chose ?
- Eh bien, euh, bafouillai-je, au bout du rouleau :

J'ai **LES CHEVILLES QUI ME GONFLENT** !

*

Si no è vero, è ben trovato[1]
(Proverbe italien)

Pour une poignée de spaghettis en moins...

L'incapacité, dans laquelle je m'étais trouvé, en 1956, de remplir mon rôle de coccinelle dans un ballet scolaire m'avait fait pressentir que je pouvais être affecté d'un dysfonctionnement psychique particulier. D'autres échecs du même type, advenus par la suite, des séries d'oublis, des actes manqués, des bévues en tous genres, démontrèrent le bien fondé de mes inquiétudes. J'ai baptisé ce dérèglement "SYNDROME de la COCCINELLE".
Pour mieux cerner cette affection d'ordre mental, brièvement décrite par Sigmund Freud, dans Psychopathologie de la vie quotidienne (1901), il convient de l'envisager comme une forme inconsciente de la "peur de bien faire", ou plus subtilement : "peur de bien faire, surtout quand c'est facile". Si on matérialisait le syndrome de la coccinelle, ce serait l'image incarnée, humanisée, de la biscotte qui tombe toujours sur le côté beurré. (Le "*gebutterter zwieback*", cher à Nietzsche)
Cette aptitude au ratage, cette "dynamique de l'échec", affecta, pour exemple, Hannibal, qui, sur le point de prendre Rome, dissipa, à Capoue, le bénéfice d'une campagne victorieuse ; ou bien encore, la femme de Loth se retournant bêtement vers Sodome avant d'être transformée en statue de sel. Citons encore le footballeur Zinedine Zidane, annihilant d'un fougueux "coup de boule", le sacre annoncé de l'équipe de France aux championnats du monde...

---

[1] Si ce n'est pas vrai, c'est bien trouvé.

Les exemples historiques et mythologiques abondent.
Celui que je livre ici est de nature plus personnelle.

Un jour de l'année 2018, un très bon ami italien, surnommé Pepino, vint me rendre visite et proposa de préparer des spaghetti "alla puttanesca", spécialité transalpine bien connue, qui, comme suggéré par l'étymologie, aurait été créée par des dames de petite vertu dans les quartiers mal famés de Naples. Mais, comme on le sait, l'étymologie est la moins exacte des sciences exactes, la plus putanesque, en quelque sorte.
Pour préparer les spaghettis alla puttanesca, il faut faire bouillir un grand volume d'eau, ajouter du sel, y plonger les pâtes pendant neuf minutes.
Pour la sauce, on utilise de la tomate, des câpres, du piment, de l'ail et des anchois.
Les anchois manquent !
Pepino me dit :
 - Je vais en acheter à l'épicerie ! si je ne suis pas revenu dans neuf minutes, arrête les pâtes, ok ?
J'acquiesce.
Mais alors, comme pris de remord, il s'arrête sur le pas de la porte, et me lance :
- Tu les arrêtes dans neuf minutes, les pâtes, capito ? Neuf minutes, pas plus !
- Basta, j'ai compris, Pepino ! Neuf minutes, pétantes !
Il me fait rire, le camarade, avec son exactitude. On ne va tout de même pas envoyer une fusée dans la lune !
Pepino va chercher les anchois.

Tout se déroule pour le mieux, quand une pensée vient me trotter dans la tête.

J'ai ouï dire que les PÂTES CONTINUERAIENT A CUIRE pendant une minute après leur extraction de l'eau, tout comme le système pileux continuerait à croître après la mort de son propriétaire. Selon ce principe, je devrais arrêter la cuisson au bout de huit minutes, et non neuf !

Huit ? Neuf ? Mon cerveau tourmenté est en train de me jouer des tours. Et mon camarade n'est toujours pas rentré ! SEPT minutes ! Que faire ? Je traverse un moment d'angoisse existentielle ! HUIT minutes ! La tension est extrême ! Mû par un élan incontrôlable, j'extirpe les nouilles de la casserole, comme on tire des naufragées hors de l'eau, et les jette dans la passoire.
Au même instant, Pepino reparaît, boîte d'anchois en main ; il ne lui faut qu'une fraction de seconde pour mesurer l'étendue du désastre. Le verdict tombe :
– Non sono cotti !
(Elles ne sont pas cuites !)
J'évoque, pour me dédouaner, la théorie de la minute de cuisson supplémentaire, qu'il balaie d'un haussement d'épaule :
- Cavolata ! Stronzata !
(Ce sont des conneries !)
Je suis peiné de le voir contrarié à ce point, mais, lorsque j'avance que nous pourrions, sur le modèle footballistique, octroyer à nos spaghettis une minute additionnelle de cuisson, je sens monter en lui une forme aiguë de désespérance. La pensée de "recuire" des pâtes est au-dessus de son entendement.

Le temps passe. Nous demeurons silencieux à considérer les nouilles trop cuites, tels des personnages de Courbet à un enterrement. Les fines carcasses blanchâtres ont quelque chose de pathétique. Ce ne sont plus que des squelettes de pâtes.

Pour détendre un peu l'atmosphère, je crois bon d'expliquer que depuis ma petite enfance, je suis affecté d'une pathologie assez rare, que j'ai baptisé *syndrome de la coccinelle*, responsable de plusieurs bévues regrettables.
- Amusant, non ?
- No e veramente rigoletto !
(Ce n'est pas spécialement rigolo !)
Nous grignotons des bouts d'anchois étalés sur des morceaux de pain avec quelques olives. Veut-on des œufs ? Non ! Du riz ? Point ! Toute proposition rencontre une fin de non-recevoir. Des spaghettis, sinon rien !

Après un café, arraché de haute lutte, l'humeur maussade de mon ami ne se dissipe pas. Il continue à afficher de la contrariété. Sa mine demeure sombre, ses paroles rares. J'ai la sensation désagréable qu'il persiste à éprouver de la rancœur pour moi.
Je me décide à lui parler avec franchise :
- Je ne comprends pas que tu m'en veuilles autant, Pepino ! Ce ne sont que quelques pâtes !
Il dresse l'oreille, étonné, et me lance :
- Mais ce n'est pas à toi que j'en veux, Yves ! Pas du tout ! Mais à moi-même ! Désolé si je t'ai contrarié.
La réponse me stupéfie :
- Mais pourquoi t'en vouloir, puisque tu n'as rien fait ? argué-je.

Pepino se mit à disserter avec ardeur sur la valeur symbolique, psychanalytique, voire eucharistique, des pâtes, consubstantielles aux peuples de la Botte.

Il souligna, avec une sorte d'humour distant, que, de même que le pain est le corps du Christ, "la pasta est la chair des Italiens, la sauce tomate, son sang"[1].

Puis il m'expliqua que, dans sa province natale, les Marches, on traite une personne sur qui l'on ne peut pas compter, de :
"Qualcuno di cui non ti fideresti per cucinare la pasta !"
(Quelqu'un à qui l'on ne confierait même pas la cuisson des pâtes !)
En laissant les spaghettis sous la surveillance d'un Français inexpérimenté, et de surcroit atteint de gaucherie maladive, il avait fait preuve d'une négligence coupable, et ignoré cet autre adage napolitain :
"Pasta iniziata, pasta finita".
(Pâtes commencées, pâtes terminées.)
Il s'en voulait cruellement d'avoir failli à son devoir de cuisinier, à sa patrie, à *sua mama* ! Il enrageait d'avoir dû déroger aux règles sacro-saintes de l'*abbinamento* et de la *mantecatura*[2]. Il se sentait atteint d'une flétrissure, d'une malédiction.
Je ne savais que dire. Mon ami, par ailleurs d'humeur tempérée, ami des Lumières et de la pensée rationnelle, prompt à citer Montaigne ou Spinoza, semblait désormais se complaire, pour quelques spaghettis ratés, dans d'obscures maximes ésotériques, tel un Savonarole de la Casserole, un Giordano Bruno des fourneaux ! Je lui fis valoir que, d'un point vue anthropologique, certaines

---

[1] Les paroles de mon ami n'engagent que lui. (Gentile-Pepino@)gragnano.com)
[2] La **mantecatura** consiste à ajouter un peu d'eau de cuisson dans le plat de pâtes pour apporter souplesse et liant.

croyances occultes relèvent essentiellement de l'ignorance et de la superstition, mais, il repoussa ces considérations cartésiennes, et finit par lâcher, les dents serrées, qu'il était victime d'un mal incurable, connu, dans les Pouilles, sous le nom de : "Mala Pasta" !
Cela me stupéfia. Je fus à deux doigts de le secouer et de lui lancer au visage :
- Réveille-toi, mon ami, réveille-toi !
Mais il me vint à l'idée que, moi-même, j'avais accoutumé de justifier mes maladresses par un prétendu "syndrome de la coccinelle", auquel, je dus me l'avouer, j'avais fini par croire !

Nous tuâmes l'après-midi en allant chercher du vin à Châteauneuf-de-Gadagne, puis, la faim se faisant sentir, nous commandâmes des sushis.
- Ils ne sont pas mauvais, mais le riz n'est pas assez cuit, déclara Pepino.

*

Galerie de portraits flous

Galerie de portraits flous

Illustrations de couverture et p.18, sont de l'auteur